高嶺の花には逆らえない
2
冬条 一
illust. ここあ
No one can resist the perfect girls.
JN018594

No one can resist the perfect girls.

Design ◆ Yuko Mucadeya + Nao Fukushima [musicagographics]

佐原美紀

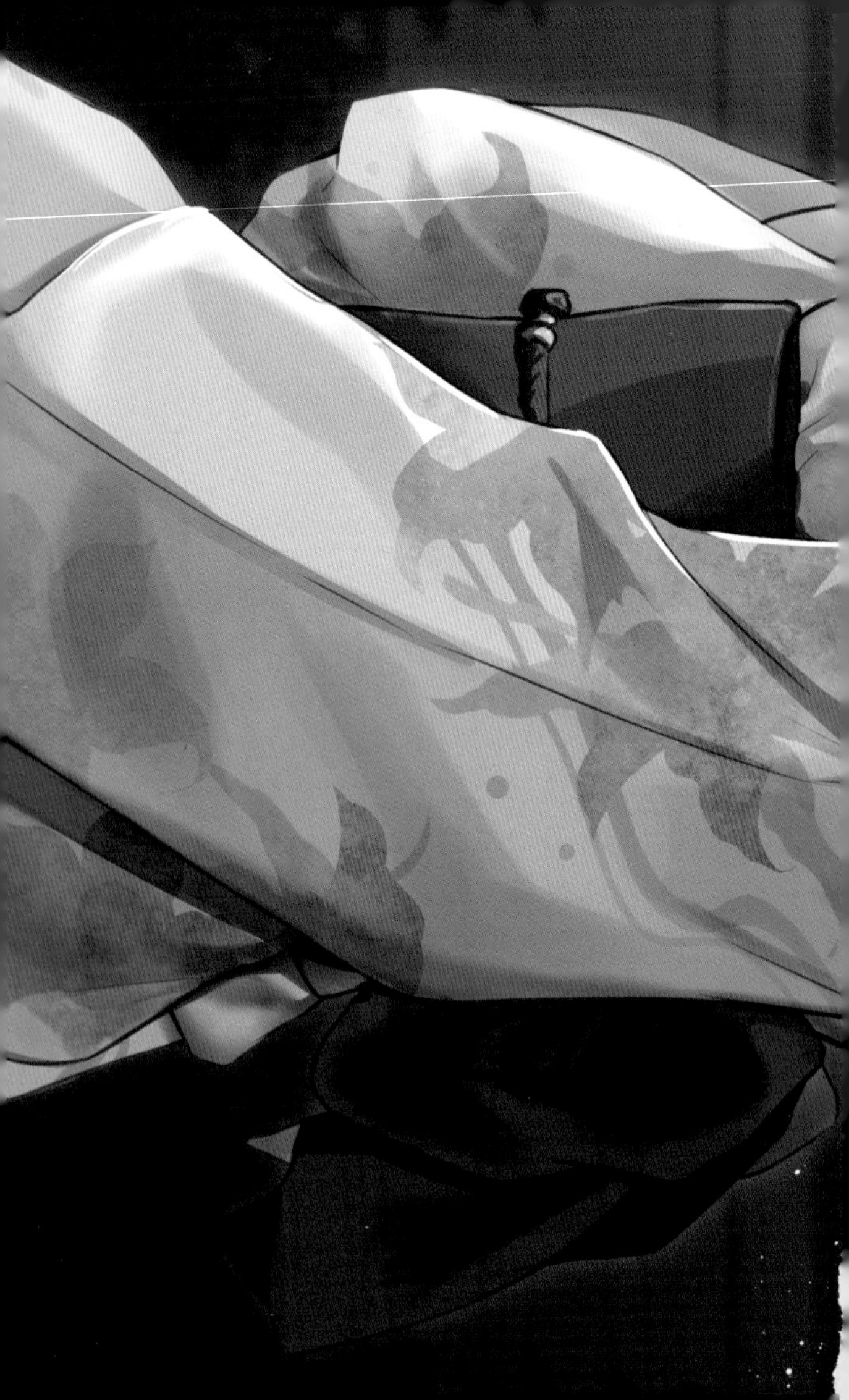

東堂(とうどう)あんず

「ねぇ、立花さん」

「なぁに？ 葉くん」

「あのさ――」

この答えを聞いたら――

俺はもう、引き返せない。

佐原葉
ファミリーレストランなごみ
Family Restaurant "NAGOMI"

CHARACTER

高嶺の花には逆らえない2

No one can resist the perfect girls.

佐原　葉【さはら よう】
変わり者な主人公。あいりに一目惚れしている。

立花あいり【たちばな あいり】
学校一の美少女。みんなの高嶺の花。

武田千鶴【たけだ ちづる】
ぽっちゃり系な葉の昼友。料理が得意。

進藤　新【しんどう あらた】
葉のクラスメイトで友人。学校一のイケメン。

佐原美紀【さはら みき】
葉の妹。甘いものに目がない。

佐原宗一郎【さはら そういちろう】
葉の父。筋トレが趣味。

佐原かなえ【さはら かなえ】
葉の母。料理の修行中。

笹嶋陽介【ささじま ようすけ】
葉のクラスメイトで友人。何かと頼れるやつ。

柳　文也【やなぎ ふみや】
他クラスの葉の友人。サッカー部員。

東堂あんず【とうどう あんず】
美紀の友人。佐原家によく遊びに来ている。

柊　美鈴【ひいらぎ みすず】
大学2年生。葉、あいりのバイト先の先輩。

プロローグ

今年も夏が、夏休みがやってくる。

学生にとっては特別で、楽しい日常の始まり。

と言っても、去年の夏休みは受験勉強に追われていたから、あんまり楽しい思い出はなかったけど。

今年は家でのんびりと過ごそう。冷房が効いた部屋でお菓子を食べながら漫画、映画鑑賞、ゲームは欠かせない。去年は受験勉強を頑張ったし、ちょっとくらい息抜きに自堕落な生活をしてもいいだろう。

……と、夏休みが始まる前まではそのつもりでいたのに、俺の計画は全く別のものへと変わることになってしまう。

それは、終業式が終わった後に陽介たちと昼食をとっていたときのことである――。


1学期の最後を締めくくる昼食は何にするか。

俺、陽介、文也の三人で話し合い、最終候補はラーメン、ハンバーガーの二つで接戦となる。

迷いに迷った結果、軍配は後者に上がった。

そうして俺たちはハンバーガーショップへと入店。

中は多くの客でガヤガヤと混み合っており、俺たちみたいな学生もちらほら見受けられた。

充満する香ばしい匂いが食欲をそそり、メニュー表の写真がより一層美味そうに見える。

俺たちは列に並び、雑談しながら前に進むのをしばし待つ。

もうそろそろで俺たちの番がくる頃合いとなり、カウンター上にあるメニュー表を見ながら、どれが一番食欲を満たしてくれるのか吟味する作業に入った。

するとちらっとだけ、陽介が財布の中身を確認したのを俺は見逃さなかった。

陽介は四人兄弟の長男で、母子家庭で育ったと前に聞いたことがある。

学食の安いメニューと違い、少し高めな外食となると懐事情が厳しいのかもしれない。

大丈夫だよ陽介、今日は特別だから。

陽介にはこの間、俺が窃盗の犯人にされそうになったとき、助けてもらった恩がある。

あのときもし陽介が止めてくれなくて、教室でみんなが見ている前で俺のカバンからブラジャーが出てきていたら……今頃俺の高校生活は終わりを告げていたことだろう。

だからそのお礼だ。

父さんにも恩を受けたときはちゃんと返せって言われているんだよ。

「陽介、今日は俺が奢っちゃる」

「急にどうしたの？」

「まぁまぁ、深いことは考えずに」

「そう？　じゃあ……お言葉に甘えて」

「葉さんごちになりまーす！」

「何も貢献してない文也はダメだ。ちゃんと俺の好感度パラメーターを１２０パーセントまで上げてから出直してきなさい」

　ちゃっかり便乗して奢りを受けようとする文也。油断も隙もあったものではない。

「ケチなこと言うなよー」

「何を言ってるんだね。文也が頼もうとしてるテリヤキビーフバーガーのセット９８０円は最低賃金1時間分の労働対価より高いんだよ？」

「働いたことない俺には絶妙にピンと来ない例えだな」

「ピンと来る例えをするなら俺のお小遣いが千円三人分ね。父さんに5千円への人事交代を交渉してくれるなら、奢ることも視野に入れて進ぜよう」

「お前が一葉とか言うと余計にややこしいんだわ。ほら、葉の番だぞ」

　カウンターで各々注文を済ませ商品を受け取り、四人掛けのテーブル席に腰掛ける。俺の正面には陽介、その右隣には文也が座っている。

俺が頼んだのはパティとチーズが2枚入ったダブル濃厚チーズバーガーだ。

某店の某説によると、ダブルを頼むよりもチーズバーガーを二つ頼んだほうがお得とかいう噂があるらしい。そっちのほうが値段も安いし、バンズが多く食べられてお得なんだとか。

でもそんなのは気にしない。背中とお腹がくっ付きそうな状態を早急に改善するために、今すぐにダブルを胃袋に放り込みたいんだ。

大口でかぶりつくと、ジューシーなパティと濃厚なチーズのまろやかさが口の中全体に広がる。

う〜ん、最高。これぞジャンク。

立花さんと武田さんの料理も美味いんだけど、こういったジャンクフードってたまに無性に食いたくなるんだよね。

「久しぶりに食べるとめちゃ美味い……やっぱりダブルはいい」

「テリヤキもうめぇよ。陽介のそれなんだっけ？」

「俺のはスパイシーバーガーだよ」

「600円のいっちゃん安いセットじゃん。せっかく葉が奢ってくれるっていうんだから一番高いの頼めばよかったのに。ほら、あのセットで1200円くらいするなんちゃらビーフバーガーってやつ」

文也はテーブルに肘をつきながら、カウンター上のメニュー表を指差した。

そこには期間限定と書かれている。今売り出し中の目玉商品だからか、どのメニューよりも一番目立っていた。

そんな文也(ふみや)の提案に対して、陽介(ようすけ)は思案する様子もなくさらっと返す。

「俺は単純に食べたいのがたまたまスパイシーバーガーだっただけだよ」

「文也、陽介はそんな穢(けが)れた心は持ち合わせていないんだよ。こうは言ってるが俺に気を遣ってくれたに違いない」

「俺の心が穢れていると？」

「少なくとも陽介よりは」

「ははは、ちげーねーわ。否定する気にもならん」

口の中にチーズの余韻が残っている状態で、厚切りのフライドポテトを2本投入する。ホクホクのジャガイモと塩加減がなんとも絶妙で、これまた美味(うま)い。俺が3本目のポテトに手をつけたとき、陽介が本題を切り出す。

「それで葉(よう)……結局新(あらた)と何で揉(も)めてたの？　まだ話したくない？」

今日、二人が部活をずる休みしてまで俺を昼食に誘った理由。それは新とのいざこざの件を俺に問いただすためだ。陽介には前にも何度か聞かれたことがあったけど、詳しいことは言えないとはぐらかしていた。

事の真相だが、新と立花(たちばな)さんは裏でこっそりと付き合っている。立花さんとお近づきになろうとした俺が、新の反感を喰らって嫌がらせを受けた。簡単に言えばそんな感じだ。

　正直なところ、新と交わした『立花さんと新が付き合っていることを口外しない約束』は反故にしてしまってもいいと思っている。だけど、問題なのは立花さんに迷惑がかかることだ。

　二人の関係性が明るみに出るまでは……やっぱり言わないほうがいいのだろう。

　うーん、だけど心配してくれている陽介にはなんて回答するのが正解なんだ。

　咀嚼していたポテトをゴクリと飲み込み、ストローが挿さったダイエットポプシをじゅるじゅると口に含む。すると俺が口を開く前に文也が唐突にぶっ込んでくる。

「立花だろ？」

「げふっ、げふっ……なんでっ、ごふっ、知ってるのっ……」

　びっくりしてコーラで窒息死するところだったじゃないか。

　陽介が俺に気遣いながら紙ナプキンを差し出してくる。好感度プラス1パーセント。

　こうなったら話すしかないか……俺のことにだけ絞れば大丈夫だろう。

　コーラを気道から追い出すことに成功した俺は、今まで黙っていたことを二人に伝えることにした。

「俺自身もよくわかってないことが多いんだよ。でも一番の原因は、俺が新に宣戦布告したからだと思う」

「宣戦布告？」

「うん、立花さんと親密な関係になってもいいかって。あのときはすごい余裕の態度だったんだけど……もしかしたら俺にそんなこと言われたのが後々になって癇に障ったのかなぁ」

立花さんをバーベキューに誘う前、新にしっかりと電話で確認して了承を得ていたんだけど……。

陽介は何か考え込んでいる。対して文也は……なんだそのニヤニヤした顔は。

「なんか知ってるの？」

「いや？　おもしれーことになってるなーと思って」

「全然面白くないよ。次から次へと意味がわからないことが起きるんだもん」

特に立花さんの行動が。

文也は俺のほうに腕を伸ばし、ポテトを1本手に取り口に放り込む。

「まぁ、あいつを色恋事で挑発したのが運の尽きだな。せいぜい死なないように頑張れや」

「他人事だと思って……なんか知ってることがあったら教えてよ」

「さぁね？　俺はなーんも聞いてねーから」

そう言いながら、また文也は俺のほうに腕を伸ばしてポテトを口に放り込む。

あのですね……。

「ねぇ文也、さっきから俺のポテトを自分のもののように食うのはやめてくれないかな」

「すまん、言い忘れてた。相談料はポテト3本ってことで」

「あぁっ⁉　それ一番長いやつ！　ほらっ、この超短いやつとかカリカリで美味そうじゃない？　あぁぁぁっ⁉」

ポテトを胃袋に収めた文也は、ちゅぱちゅぱと人差し指と親指を舐めた。

相談料とか言いながら、全然アドバイスもらってないんだけど……。

「まぁ落ち着けや。ちゃんとポテト分の助言はしてやるよ。葉は夏休み特にやることないんだろ？」

「うん、今のところ」

「ならバイトでもしたらどうだ？　あんま金ねぇだろ？」

「ないけど、それが何か関係あるの？」

せっかく高校生になったんだし、社会経験も兼ねて一度はバイトをやってみたいとは思っていたけど……それが今回の件とどう結びつくのだろうか。

文也は自分のポテトを手に取り、ぷらぷらさせながら俺の問いに答える。

「仮に立花とデートすることになったとして、何かと金がかかるようになるぞ。学生なんだから女の分まで奢れとは言わねぇけどさ、せめて自分の分は自分で出せるようになっといたほうがいいぜ？　どうせ家にいてもゲームして自家発電して寝るくらいだろ？」

「馬鹿野郎、たまには筋トレもするよ」

「否定はしないのな」

文也の言うとおり、確かに家にいてもぐうたら過ごしそうだし悪くないかも。

「あとはもう少しおしゃれに気を遣うことだ。美容室とか服買うとかな。自分のために頑張っておしゃれして来たら女は喜ぶもんだぞ」

「なるほど……文也にしてはめっちゃまともなアドバイス」

「一言余計だったからもう1本貰うわ」

「あぁっ!? 今の嘘だから！」

腕で囲ってガード。

もうやめて、俺のポテトがなくなる。太いタイプのポテトは1本のダメージがでかいんだよ。

「まぁなんだ、何か少しでも行動してったほうが告る後押しにもなるだろ？」

「うん、確かに……」

俺は恋愛面でなかなか行動に移せないでいたからな。夏休みはこっちから誘わないと立花さんには会えないだろうし、デートに誘うための準備をしておいたほうがいいかもしれない。

よし、あとでいい求人が出てないか確認してみよ。

そう意気込んでいると、今までずっと黙っていた陽介が口を開く。

「それで、葉は立花にいつ告白するの？」

告白……か。

また、あの体育館裏の出来事を思い出す。立花さんと新が付き合い始めたあの日のことを。

あれは紛れもない真実だ。それが俺の中で足かせになっている。

俺がもし立花さんに告白をするのであれば……新と立花さんの『今の関係』をはっきりさせてからになるだろう。そこはあとで新に連絡するとして、とりあえずの目標は……。

「夏休み中……に、告白しようと思ってる」

「そっか……ちゃんと想いを伝えるんだよ。なるべく早いほうがいい」

「うん、頑張る」

そういえば、陽介のそういう話を一度も聞いたことがなかったかも。

「陽介は気になってる人とかいないの？」

「……今はいないかな」

「そっかぁ。文也は？」

「とりあえずエロい女がいい」

こいつに訊いた俺がバカだった。

バイトをする。

貯めたお金でおしゃれをして、デートに誘う。

そして――告白をする。

目標を達成するための、15回目の夏が今始まる。

第一章　カツラはいらない

夏休みの初日――昨日に引き続き、武田さんに格ゲーでこてんぱんにやられた傷を癒やすため、俺は自室へと逃げ込んでいた。

昨日は俺の調子が悪かっただけ。そう心に言い聞かせて再戦した今日の結果も惨敗である。

武田さんがあんなに格ゲー強いなんて聞いてないぞ。

美紀のやつめ、とんでもない虎を育てやがって。

というかあのキャラは虎というよりゴリラでしょ。武田さんに馬鹿力要素は似合わないからブランカはやめたほうがいいよ。

さくらちゃんとかどうかな。可愛いし少しだけ敬語キャラだし、ほら、脚とかムチムチして て最高、ってそういうことじゃなくて。

ちなみに負けたからいじけて自室に籠ってるわけじゃない。

ほ、ほんとだからね。

今日はやることがあるんだ。

俺はデスク前の椅子に腰掛けると、さっきコンビニで買ってきた袋からプリンを取り出した。

まずは食後のデザートで糖分補給だ。

そういえば久しぶりにプリンを食う気がする。冷蔵庫に入れておくと美紀に食われてしまうからな。

いいかげん、人のものを勝手に食うのをやめさせなきゃ。

美紀が美味（うま）そうに食っているのを見ると、よくわからないふわっとした気持ちになって強く言えない俺にも原因はあるんだけど……。

もしかして狙ってやってる？

わが妹ながら末恐ろしいよ。

将来は旦那（だんな）ができたら尻（しり）に敷くタイプだな。

ペロッとプリンを食べ終わると、コンビニの袋から3枚入りの書類を取り出した。

就活には欠かせないもの、履歴書だ。

バイトなんてしたことないから、人生で初めて買った。

最近は手書きじゃなくてパソコンとかスマホでも作れるらしい。

応募するバイト先に手書きの指定はなかったし、俺もスマホでいいかなって思ったけど……。

ネットで調べたら手書きじゃないから不採用とかいう記事を見かけて、ちょっと不安だったから無難に手書きで作ることにした。

これ、意外と高かったんだよね。こんなペラ1枚で120円だよ？　これとさっき食べたプリンが同価値なんて俺は認めない。

机の周りを整理し、履歴書の作成に取りかかった。

そういえばこの間、ニュースで履歴書から性別欄がなくなったとか言ってたな。メーカーによるんだろうけど、俺が買ったのにはまだ性別の記入欄はあるようだ。

昨日、バイトのウェブ応募をしたときの入力フォームには性別欄あったかな？

いろいろそっち方面って今厳しいし、企業側も大変そう。

応募したバイト先の説明には女性活躍中とか、女性でも大丈夫ですとか、いろいろ配慮してたし。

性別不明だと俺の葉(よう)って名前は男ってわかるのかな。葉子とかだったらもろ女の子だけどさ。

とりあえず、今は書くことに集中しよう。

えーっと、名前に生年月日に住所にっと。

スラスラ、スラスラ、スラスラス。

「あっ！　くそ、間違えた」

誰もいないのについ漏れ出る独り言。

引っ越してきて、まだ書きなれない住所の漢字を間違えてしまった。

ぐ、ぐぬぬ……俺はこの瞬間、プリン1個をドブに捨ててしまったのだ。

これ、修正液ダメかな？　さすがにダメだよね。

まだ履歴書は2枚ある。落ち着いて書こう。

スラスラ、スラスラス。

「あぁ！　また間違えた……」

プリン2個、2個だよ。あのプリン様2個。

残り1枚しかない。いよいよ追い込まれる。

や、やっぱりスマホで作ろうかな……。

◇

翌日、なんとか失敗せずに書き上げた履歴書を持ってバイトの応募先に向かった。

家から徒歩で5分のところにある大手チェーンのファミリーレストラン『なごみ』。

俺がここをバイト先に選んだのは家から近いということと、早期の短期バイトを募集していたからだ。

今の時期に二つの条件を満たすところはタウ○ワークで見た限りここしかなかった。

夏休みだけでいいし、続けられそうならそのまま長期間働くこともできる。

そして時給もそこそこいいし、何より週払いOKなのがグッドポイント。

夏休み中に頑張って働いても、いざデートのときにバイト代が手元になくては意味がないからな。

メールで指定された時刻は午後3時。

お昼時のピークも終わり、店内は落ち着いた雰囲気で客もまばらである。

出迎えてくれたウエイトレスさんの指示で店内奥のテーブル席に腰掛けた。

こういうのって関係者室みたいなところでやるのかと思ってたけど、客席でやるのか。近くにお客さんはいないから見られているわけじゃないけど……なんか緊張する。

父さんからはバイトの面接なんて大したこと聞かれないから気楽にいけって言われたけど、こういった形式ばったことはどうも苦手だ。

そのまま少し待っていると、すぐ近くにある『関係者専用』と書かれた扉から一人の男性が出てきた。

年齢は30代前半ってところかな。

中肉中背、きっちりとした七三分けの髪型に整った眉毛。

ネームプレートに店長って書いてあるから、きっとあの人が面接の担当者なのだろう。

座って待ってるように言われたけど、その姿が見えたから俺は席から立ち上がった。

今の俺はできる男。まじめ佐原で挨拶だ。

「はじめまして、佐原葉です。本日はお時間をいただきありがとうございます。よろしくお願いします」

「……ちっ、男かよ」

ん？　なんだ今の舌打ち。気のせいだよね……さすがに。

座るように指示を出され、さっそく履歴書を渡すも明らかに不機嫌さが滲み出ている。

俺、何かした？

まさか……座って待ってたのがいけなかったとか？

でも、周りにお客さんがいるから座って待っててほしいと言われたのに、指示に従わず立っているのもどうかと思うけど……俺、やらかした？

「佐原葉……くんね。で、どれくらい出れんの？　土日は？　いつまでやるつもり？　ホールとキッチン両方やれんの？　学校とか親の許可とかは？　うち厳しいけど大丈夫？」

矢継ぎ早に飛んでくる質問。

な、なんだこの店長。

こ、これが噂の圧迫面接とかいうやつか。バイトでそんなのあるなんて聞いてないよ。

緊張の中、突然の出来事に一瞬フリーズ。聞かれた質問の内容が多すぎてどれから答えたらいいのかわからなくなる。

「あ、あの、すみません。もう一度よろしいですか……」

「はぁ……無能だな、帰っていいよ。このあと別の面接あるから。ご苦労さま」

そう言い残して席を立つと、まだ名も知らない店長らしき人は扉の奥へと消えていった。

え……なにこれ。

部活の顧問の先生に『お前もういい！　帰れ！』って言われたけど、本当は帰っちゃいけないみたいなやつ？

「…………」

帰ろう。
どのみちこの人と仕事するのは嫌だ。
というか……俺の履歴書返せ！

「はぁ〜……」

鮮烈な面接体験を終え、家に帰り自室のベッドで寝転んだ。
誰だ……バイトの面接は楽勝なんて言っていたのは。
次、どうしようかな。
……やっぱり、バイトはいいや。
お金が必要になるなら『土下座でお小遣い前借り作戦』を決行すればいい。
もうぐうたらと夏休みを謳歌して過ごそう。
なんでせっかくの夏休みなのにこんな嫌な気持ちにならないといかんのだ。
俺は今日の出来事を忘れ去るように早めに眠りについた。
スーパードクター時間先生。今回もよろしくお願いします。

◇

三日後、昼下がりの自室。ベッドで寝転がっているとスマホが鳴った。

知らない番号……誰からだろう。

「はい、佐原(さはら)です」

『あ、もしもしー。私、ファミリーレストランなごみのふ……じゃない、店長の北村(きたむら)と申します』

電話から聞こえてくるのは女性の声。というか今店長って言ったよね。じゃあこの間の男の人はいったい誰だ？

「はい、どのような御用件でしょうか？」

『先日はアルバイトの面接ありがとうございました。ぜひ採用させていただきたいので、お店のほうにお越しいただけませんでしょうか？』

……いったい何がどうなっているんだ。

ホワイ、ジャパニーズピーポー。

翌日の15時――とりあえず話を聞くため、俺は店に行くことにした。

採用の電話をもらったときは何がなんだかわからず、混乱して事情を聞き損ねてしまった。

あのときの、店長のネームプレートを付けた人物は何者だったのかが気になる……。

店に着くと前回の面接同様、奥の客席に案内されて待つ。

今度も堂々と座ってやるぞ。これでまた帰ってとか言われたらいよいよホワイ、ジャパニーズピーポーだよ。

すぐに関係者専用扉からウエイトレスの格好をした一人の女性が出てきた。ネームプレートには店長って書いてある。

「はじめまして、店長の北村(きたむら)と申します。よろしくお願いします」

「佐原葉(さはらよう)です。よろしくお願いします」

年齢は20代後半ってところかな。この間の店長よりも若そう。

「この間の店長さんはどうされたんですか？」

て、そうだ。その店長について聞きたかったんだよ。

「え？　う～ん……どうしよ……まぁもう噂(うわさ)立っちゃってるしいいかな……確認なんだけど、佐原くんって本当にうちで働くつもりなんだよね？」

前の店長さんがいなければ。そう回答しようとしたけど……とりあえずここは同意しておけば教えてもらえそうだから「はい」とだけ返事をした。

「ちなみに佐原くんって口堅い？」

「そりゃもう、ダイヤモンドくらいにガチガチですよ」

「君、面白いね」

北村さんは辺りをキョロキョロ見渡すと、声のボリュームを落として説明を始めた。

「実はね……前の店長、4月からここの店舗の配属になってたんだけど、店長の権限を利用して若い女の子ばっかり採用してたみたいなのよ。うちはバイトの子を採用する際に本部に履歴書を確認してもらって、問題がないか審査してから合否を出すのね。ほら、今SNSでバイトテロとかあるでしょ？　その際に店長が所見書を作成して一緒に本部に送るんだけど、男の子を作為的に弾いてたことが発覚したのよ。なんでもタレコミがあったとからしいんだけどでね……」

北村さんはもう一度辺りをキョロキョロして誰も聞いていないことを再確認すると、さらに声量を落とした。

「不審に思った本部が事情聴取したら……元々いたバイトの男の子にパワハラしたり、マニュアルにはない独自ルールを勝手に作ったり、しまいには女子高生に手を出してたことが発覚してね……すぐに懲戒解雇の処分が下ったみたいなの」

あの店長……ホンマもんのヤバいやつだったのか。ＪＫをお持ち帰りしていいのは髭を剃ったサラリーマンくらいだよ。本当にやったら一発退場レッドカードだからね。

「なるほど……それで代わりに北村さんが店長になったんですね」

「そういうこと。って言っても私自身は先日まで他店の副店長だったんだけどね」

「あ、そうなんですね。そういうのって臨時の場合はここの副店長が代理するものだと思ってました」

「私もそこについて詳しい話を聞いてないから憶測でしかないけど……副店長にもお店に問題があった場合は本部に報告する義務があるから、それを怠ってたってなると信用問題に関わることだからね……って、あ⁉　いけない、いけない、バイトの子に何話してんだろ。佐原くん、ホントにこの話は内緒でお願いね？」

北村さんは両手を合わせてお願いポーズを取った。

安心してください。俺はあのハゲからのお願い事もいまだに守ってるくらいガチガチの男ですよ。

それはそうと疑問の残ることが一つある。

「大丈夫ですよ。誰にも言いませんから。それにしてもなんで俺は採用されたんでしょうか。あの店長が面接したのなら落とされてるはずですが……」

確かに不採用とは言われてないけど……あの対応をされて帰っていいとか言われたら、落とされたと思うのが普通だろう。

店長は手元の書類をペラペラとめくり、１枚の紙に目を落とす。

「う～ん、そこはよくわからないのよね……前の店長が作った佐原くんの所見書を見ても、いいことしか書いてないんだけど……面接はどんな感じだったの？」

「早々に帰っていいって言われました」

「え……どういうこと？」

どうやら北村さんは何も聞かされていなかったようだ。俺は面接で体験したことを一から説明した。俺が言葉を発するたびに北村さんの顔が歪んでいく。

「何それ……ひどい……。なんか、ほんと、すみません……」

「いえ、他店の副店長さんだった北村さんは無関係だと思いますので……」

やっぱりあの面接は異常だったらしい。

俺が採用された本当の理由はわからなかったけど、店側の事情は把握できたしいいか。

話した感じだと北村さんが店長なら働くには全く問題なさそうだし。

そのあとは詳しい仕事内容について話を聞き、提出する必要書類を受け取って帰宅した。

翌日、再びお店を訪れると店長の北村さんにスタッフルームへ案内された。部屋の中央にはテーブルと椅子が置かれていて、ここで休憩ができるみたい。
奥に続く二つの扉は男子更衣室と女子更衣室に分かれている。俺は支給された制服を持って

更衣室で着替えを済ませた。

これで俺も今日からファミレス店員デビューだ。よし、頑張るぞ。

俺は洋服店の試着室から出る気分で扉を開けた。

「どうですか店長、似合ってます?」

「うん、葉くん。すごく似合ってるよ」

俺はこれから始まる初バイトの緊張からか、幻聴を聞いたのかと思った。

しかし、その姿を見間違えるはずがない。こんな美少女がコロコロいてたまるもんですか。

ど、どうしてここに咲いてるんですか?

立花さん……。

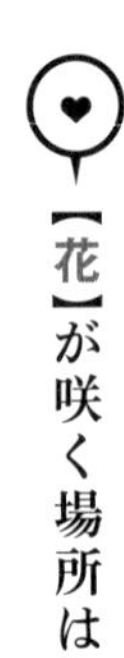

【花】が咲く場所は

「立花……ほ、本当にいいのか？」

「うん、いいよ……」

進藤くんは興奮しながら私に許可を取ると……乳首をもてあそび始めた。鼻息が少し荒くなっている。

「じゃあ……いただくぞ」

進藤くんはプルプルと感触を確かめたあと――おっぱいにしゃぶりついた。

うう、気持ち悪いよぉ……。

本当は、葉くんにあげるつもりだったのに。

おっぱいが大好きな、葉くんにあげるつもりだったのに。

でも……進藤くんの欲望を満たすにはこれしかなかった。私も犠牲を払わなければならないほど追い詰められている。

「最高だぜ立花……」

興奮する進藤くんの頭頂部を、私は白い目で見ていた。

そして――通帳を開いた。

エサ代が足りなくなっている。そろそろ私のお小遣いの範囲では収まらなくなってきた。

今は苦肉の策で冷蔵庫にあった『おっぱいプリン』を差し出している。

せっかくお父さんがお土産で買ってきてくれたのに……。

普段はデザートなんて出さないから進藤くんは満足気な様子。

大変遺憾です。気持ち悪い食べ方は大変不快です。

何はともあれ、なんとか目標の摂取カロリーを稼げたけど……そろそろ貯金が底を尽きそう。

これは早急に金欠対策をしなければならない。

私はスマホを取り出してタウ○ワークのアプリをダウンロード。すぐに働けそうなアルバイトの検索に取りかかった。

う～ん……今から働いてもお給料が入ってくるのは1か月後になっちゃうし、なるべく日払いか週払いも対応してくれるところがいいな。あとは短期バイトでもよくて……願わくは葉くんのおうちから近いとこ。

だって、武田さんばっかりズルいんだもん。毎日のように葉くんの家に入り浸って。私だって佐原ジムに通いたいよ。まったくもう。

ぶつぶつと心の中で不満を言いながら希望の条件を入力していると、該当するバイト先が1件見つかった。

ファミリーレストラン『なごみ』。バイトの詳細を見てみよう。

『キッチンまたはホールのアルバイトを募集中です。力仕事はないので女性でも大丈夫です。当店では多くの女性が活躍中です。女性の副店長の下、手取り足取り優しく指導するので女性でも安心です。シフトも柔軟に対応しますので、〝突然友達から遊びに誘われちゃった……どうしよう〟そんな多忙な女子高校生にもぴったりです。ぜひぜひ、当店への応募を心からお待ちしております』

なんだか凄く臭う文章だった。まるで女の人だけを誘い出すような募集の仕方。

一番引っかかるのは副店長が女性という一文。これは捉え方を変えるならば、店長は男性ということだ。

ちょっとやめとこうかな。そう思ったけどここ、葉くんのおうちから凄く近い。これは希望条件の中でも最優先事項だ。

とりあえず面接だけ受けに行こうかな。

変な店長だったら申し訳ないけどお断りしよう……。

◇

「き、きみ、かわ……いいね。すぐに採用するから明日からでも出勤してみない？　今夏休みだよね？　予定がないようだったら考えてみてよ。採用するのに本社で書類審査とネットの素行調査があるんだけど、手続きはうまいことやっとくからさ」

「は、はぁ……」

挨拶を交わしてからすぐにそんなことを言われた。

桂と名乗った男の店長。目が血走ってて怖い。あと明らかに視線は私の胸元へと注がれている。

どうやら私の嫌な予感は的中してしまったらしい。

さすがに本人を目の前に人柄が気持ち悪いからやめますとは言い辛い。ここは話を合わせて、帰ったあとに何か理由を付けて断るとしよう。

「いや〜、それにしてもよかったよ。女の子が来てくれて。男のアルバイトって扱い辛いんだよね〜。怒ると逆ギレしたりするしさ。30分くらい前にバイトの応募に来たやつがいたんだけどさぁ、男だったんだよね。ほんと紛らわしい名前だよ。男とわかってればウェブ応募の段階で蹴ってるのに……てか募集要項見て男募集してないのわかんないかな〜」

店長は興奮からなのか、ペラペラと訊いてもいないことを喋り出す。

帰りたい……早く面接終わらないかなぁ。

とりあえず適当に会話をして終わらせよう。

「……そうなんですね。ちなみにどんな名前だったんですか？」

店長は手元の書類をペラペラめくるとその名前を口にした。

私の考えを改めさせる、たった一文字。

「えーっとね、『葉（よう）』っての」

「葉くん⁉　佐原（さはら）ですか⁉　佐原ですよね⁉」

思わずテーブルに手をつき前のめりになってしまう。

「そ、そうだけど……もしかして知り合い？」

葉くん、ここのバイトの面接に来てたの⁉　しかも30分前に……。

これはまたとないチャンス。夏休み中も葉くんに会える。でも店長の口ぶりからすると、このままだと葉くんはここで働けない。

体勢を戻し、少し冷静になると私は話を切り出した。

「ただのクラスメイトです。ただ……その、私、アルバイトとかしたことなくて……人見知りなところもあるので、一人だと不安なんです。ただのクラスメイトですけど、学校の共通の話題とかもありますし、何かあったときにシフトの交換とかもお願いしやすいので……彼がいてくれると助かるんですが。ただのクラスメイトですけど……」

あくまでもお友達。そう強調しておいた。

それでも私のお願いは届かない。

「悪いけど男は雇うつもりないかな。扱い辛（づら）いし。大丈夫だよ心配しなくても。俺が付きっきりで優しく教えてあげるからさ」

優しく教えてくれるのは女性の副店長じゃなかったのかな。

あ～あ、ダメか。じゃあやめよ。

もしかしたら葉くん、ほかのバイトを探してるかもしれないし。

帰ってから断るつもりだったけど、喜びの落差から率直な物言いに変わってしまう。

「そうですか……やっぱり不安なんでやめますね。ありがとうございました」

「え⁉　ちょ、ちょっと待って！」

立ち上がろうとした私を店長は手を伸ばして引き止めた。幸いにも体には触られてない。

危なかった……もしも触られてたら反射的に手首を捻り返していたかもしれない。

店長は少し間を置いたあとに考えを改める。

「わかった、わかったから。このクラスメイト雇うから。だからここで働いてよ、ね？　いいでしょ？」

「ほ、ホントですか⁉　ありがとうございます！　いっぱい（葉くんと）働きます！」

面接を終えて店を後にした。

葉くんとアルバイトかぁ……楽しみだなぁ。

制服のポケットからスマホを取り出し、赤色の四角マークをタップ。念のために録音していた音声が取れているか軽く確認したあと、ブラウザを起動した。

今は簡単に調べ物ができるから本当に助かる。

『ファミリーレストランなごみ』

大手のファミレスだけあって、ホームページからはもの凄(すご)くコンプライアンスを遵守(じゅんしゅ)する内容が伝わってくる。これならまともな対応をしてくれそうかな。

とりあえず、あの店長(カツラ)は外したほうがいいですよ?

新しい店長は、女の人だったらいいな。

——あと、邪魔が入らないようにしとこ。

第二章　笑顔でなごみ

俺は心の中で確かに言った。どうして立花さんがここにいるのかって。

店長、聞いてないよ。こんな美少女の店員がいるなんて。

これじゃあ、全然和めないじゃないか。ファミリーレストラン『なごみ』だよねここ。

え？　和むのは店員じゃなくてお客様ですって？

想定が甘いよ。

例えば1組のカップルがご来店したとしよう。

そのとき男のお客様はつい、悪気はないのについ、立花さんのFに夢中になってしまうわけだ。

するとどうなるか？

女のお客様が「私という可愛い彼女がいながら、なんでFに夢中になってんのよ！　私のAじゃダメだって言うの？」と怒り始めるのは確実だ。

そこからは男の言い訳が始まり、おっぱい論争は泥沼化。

そうしてほかのテーブル席にいるファミリーの5歳児は、泣きながらお子様ランチを食べることになってしまうわけだ。

ほら、全然和めないじゃないか。

話が少しだけズレたから冒頭の話題に戻すことにしよう。

俺は確かに心の中で言ったんだよ。どうして立花さんがここにいるのかって。

でも、俺の口から飛び出したのはそんなことじゃなかった。

人間って、目の前で想定外のことが起きるとつい本音が出てしまう生き物なのかな。

「か……可愛い……」

これが俺の第一声だった。

面接に来たときも思ったけど、ここの女の子の制服はフリフリのスカートやリボンだったり、凝ったデザインをしていて可愛いんだよ。

だから可愛いに可愛いを掛け合わせるともう可愛いだよ。

尊すぎて語彙力は死んだ。

立花さんが着るともうコスプレにしか見えない。

いつものロングヘアが後頭部で綺麗に束ねられてて、お団子になっているのもポイントが高い。

少しだけでいいんで横向いてもらえないかな。

うなじを拝見させていただきたい。

あとさっきのおっぱい論争だって、あながち俺の考えすぎじゃないことはこの制服を見ればわかってもらえると思う。

この制服さぁ……いったい誰がデザインしたんだよ。

エプロンの胸周りの布地がないから、Ｆの輪郭が強調されているよ。時代錯誤もはなはだしいよ。

今うるさいんだよそういうの。

いろいろ文句を言いたいところだが、とりあえずデザイナーへの寄付はどこにすればいいか教えなさい。

立花さんがなぜか下を向いていると、俺の着替えを待っていた店長が立花さんの頭にズボッと帽子をかぶせた。

「うん、これなら髪の毛もばっちり隠れてるから大丈夫だね。それじゃあ立花さんはキッチンに、佐原くんはホールに行ってお仕事してください」

「えっ⁉　葉くんキッチンじゃないの⁉　ねぇなんで⁉」

すっぽり帽子をかぶり、毛髪がほとんど見えなくなった立花さんが衝撃を受けた顔を向けてくる。

立花さんの質問に対して、俺が今考えていることは全く別のことだった。

立花さんだったらハゲでも可愛いかもしれないと。

「うん、初めてのバイトだから不得意なことよりも、まずは自分ができそうなことから始めようかなって」

「えぇ〜!?　そんなぁ〜……」

しょんぼり顔の立花さん。

立花さんはキッチンだからお客さんは和めそうで安心した。

店長ナイス采配。

俺が唯一できるまともな料理って言ったらカレーくらいだよ。

しかも美紀の補助付きで。

バイト不慣れの料理下手っぴがキッチンに立ったって、邪魔をするだけの未来しか見えない。

立花さんはわーわー言いながら、抵抗するようにして店長に引きずられてスタッフルームから出ていった。

俺はこのあとどうすればいいんだろう。初バイトで放置プレイはさすがにキツい。俺が不安に思っているとすぐに声がかかった。

「あの……副店長の飯島です。佐原くんの指導係になりました。よろしくお願いします」

弱々しい声。年齢は20代前半くらいの、ウエイトレスの格好をした女性。身長は少し低めで、落ち込んだ表情と垂れ下がった眉毛のせいかまるで子犬のようだ。

そう言えばバイト募集の説明欄に女性の副店長がいるって書いてあった。

「佐原葉です。よろしくお願いします」

「それではホールに行きましょうか……」

なんか元気ないな。この副店長、大丈夫だろうか……。

俺の懸念とは裏腹に、副店長の指導に全く問題はなかった。

初日だからまずは接客、注文、配膳、片付けと一般的なホール業務をこなす。慣れてきたらレジ打ちと細かい補助業務もやらなくちゃならないみたいだ。

少し緊張してたけど、副店長の丁寧な指導のおかげもあり、ちょっとずつ場の雰囲気に慣れてきた気がする。といっても今日はお客さんが少ない時間帯に入ったから、忙しくないということも大いに関係しているんだろうけどさ。

「はぁ……」

キッチンへと続く通路脇で控えていると、俺の隣からため息が漏れてくる。出どころは言わずもがな。

気がかりだった俺は声を掛けることにした。

「副店長、どうしたんですか？」

「いや……別に」

そう否定はするものの大丈夫な感じではない。思い詰めているように見える。俺は少し心当たりがあったから、無粋とは思ったけど訊いてみることに。

「もしかして元店長のことですか？」

「……知ってるの？」

あ、この話今の店長から聞いたって内緒なんだった。やべ、どうしよ。

「知りますん」

「知ってるよね」

とりあえずこれ以上は俺の口からは語るまい。必殺、お口ダイヤモンド。

しばらくの沈黙。副店長は隠すのを諦めたように胸の内を吐露し始めた。

「前の店長が恐くて、問題が起きても上に報告する勇気がなくて……ちゃんと相談してくださいって、本社の人に怒られちゃった。この仕事……向いてないのかなって、思うように、なって……最近、辞めようって、そればっかり考えちゃって……」

事態は俺が思っているよりも深刻なようだ。

俺はお口のチャックを開いた。

「副店長はこの仕事好きですか？」

「……好きだよ？」

突然だったからか少し訝しげな表情を見せつつも、副店長は俺の質問にそう答えた。

前の店長はあのヤバいやつだったからなぁ。詳しい事情を知らない俺が言えることなんて、これくらいしかないだろう。

「それなら、続けてもいいんじゃないですかね？　世の中には嫌いな仕事を仕方なく続けている人ってたくさんいるじゃないですか。あの店長がいなくなったのに今辞めちゃうの、もったいなくないですかね」

夢のため、生活のため、家族のため。事情はそれぞれだけど、好きなことを仕事にできる人って少ないいんじゃないかと思ってる。

黙って聞いている副店長に向かって、俺は話を続けた。

「前にどんな失敗したのか知りませんけど……それを教訓にこれからもっと仕事が好きになるように頑張っていけばいいと思いますよ。せっかく好きって言える仕事に就けてるんですから、仕事を辞めるか考えるのは『仕事をするのが嫌になってから』でもいいんじゃないかなって……社会経験ゼロの俺が言っても説得力皆無ですけどね」

こんなペーペーのバイトにそんなことを言われるのが意外だったのか、副店長は目を大きく見開いた。

「……佐原くんって本当に高校生？」

「ピチピチの高校1年生です」

副店長は突然俺の背中を摩り出す。

なんだ急に、ちょっとビクッとしちゃったよ。

「な、なんですか？」

「いや、背中にチャックとか付いてるんじゃないかと思って」

「中からオッサンとか出てこないので安心してください」

副店長はクスクスと笑い出した。

少しは元気が出たかな。やっぱり女の子は笑顔が一番だね。

その笑顔でなごみだよ。

少し和やかな雰囲気に包まれた俺たちとはよそに、キッチンからは騒がしい声が聞こえてくる。

「あの、立花（たちばな）さん、でしたっけ？　お皿離してもらえますか？　お料理冷めちゃうので」

「葉（よう）くん来ないかな〜」

「聞いてます？　立花さん？」

いったい何をやってるんですかね、立花さん。

◇

日もすっかり沈み、バイトから帰って自宅の玄関ドアを開けた。靴を脱いでいると後ろからすっかり聞き慣れた声が聞こえてくる。

「あ、佐原くん。おかえりなさい」

振り返ると、出迎えてくれたのはタイガーマスクをかぶり、マントを羽織った虎——武田さんである。素肌が見えるのは、マスクに少しだけ穴が空いている目と口だけだ。

初めての労働で疲れたからとにかく腹が減った。早く飯にありつきたい。

「ただいま武田さん。ご飯できてる？」

「はい、できてますよ」

「今日のメインはなんですかな？」

「冷製トマトパスタです」

おっ、今日はイタリアンか。冷製パスタは日本生まれでイタリアにはほぼないから、イタリアンと呼ぶべきか論争はこの際置いておくとしよう。

冷製パスタは暑い夏にはピッタリだし、きっとトマトの程よい酸味とパスタの塩っけがベストマッチしているに違いない。

食べる前、いや見る前からでもわかってしまったよ。こりゃ絶対に美味い。


帰宅ルーチンを済ませて食卓についたあと——俺の予想は見事に的中した。

俺のパスタをすするチュルチュル音が鳴りやまない。

フォークで巻き巻きなんかしていられないよ。そのままチュルチュルだよ。

今なら自信を持って言える気がする。

俺の胃袋は宇宙だ。

誰かこのチュルチュルを止めてくれ。

「佐原くん、今日はいつにも増して食欲が凄いですね……」

「うん、想像してたとおり労働のあとのご飯は一味も二味も違うね。今日も美味しいよ。本当にありがとう武田さん」

「いえ……ふふっ」

今日の武田さんは機嫌が良さそうだ。

段々とマスク越しからでも表情がわかるようになってきた気がする。

「佐原くん、アルバイトはどうでしたか？」

向かいの席から俺の食べる姿を観察している武田さんが、初労働の結果を確認してくる。

「覚えることが多そうだけど楽しく続けられそうだよ。あっ、そういえば本当にたまたまなんだけど、立花さんもおんなじとこでバイトしててさ。ほんとびっくりしたよ」

「え……え……」

武田さんはピシリとフリーズする。

俺と同じでそんな偶然があるのかと、思考が追いついてないのかな。

武田さんはフラフラと席を立つと……ソファにドスッとうつ伏せで倒れ込んだ。

俺の角度からだと背もたれでその姿は見えない。何やら手足をバタバタさせているっぽい。

何それ、ソファ水泳……？

それと微かに「ふきゅ～、ふきゅ～」と変な息継ぎが聞こえてくる。

恐らくソファに顔を押し当てているのだろう。

そんな謎の行動に対して疑問を口にする暇もなく、俺の食欲は続いてゆく。

しばらくすると武田さんは背もたれからピョコッと顔を出した。

虎さんがこっちを覗いている。

「私も佐原くんのところでアルバイトします」

「え……？」

チュルチュルが止まった。それと同時に一気に満腹感が込み上げてくる。

どうやら俺の胃袋は宇宙じゃなかったようだ。

なんで武田さんは突然バイトするなんて言い出したんだろう。

「武田さん、何か欲しいものでもあるの？　なんだったら買ってあげるよ？　あんま高過ぎないもので良ければだけどさ」

「欲しいものはあります。でもお金じゃ買えないので大丈夫です。自分で手に入れますので」

お金じゃ買えないものか……あっ、わかったぞ。社会経験だな。確かにこれは自分でしか手に入れられないものだ。

それにうちから通うんだったら、ファミレスなごみは都合が良さそうだしね。

ただ解決しなければいけない問題があるんだけど、武田さんはわかっているのかな。

「武田さん……さすがにタイガーマスクをしたままでバイトは無理だよ？　それ外さないと。あとマントもね」

タイガーマスクをかぶった店員がいたらお客さんは和めないだろうからな。子どもは喜ぶかもしれないけど。

武田さんはハッと息を吸い込んだ後、またソファ水泳を始めた。

だから何それ。もしかして今はやりのエクササイズ？　俺が知らないだけでＳＮＳでバズってるのかな。

ふきゅふきゅが鳴き終わると、また背もたれからピョコッと顔を覗かせた。

「それじゃあ、痩せたらアルバイトします」

「今タイガーマスクを外すという選択肢はないの？」

「ありません。佐原くんへのジャジャーンは絶対にやります」

鉄の意志を感じる。痩せてびっくりさせたいから、今はマスクを外したくないようだ。

いったい、どんなジャジャーンが待っているんだろう……。

◇

翌日もバイトで出勤する。

着替えを終えてスタッフルームに出ると、立花さんがテーブルに座って待機していた。

出勤前の僅かなひととき。あぁ、何たる幸運。

「葉くん、おはよう」

「おはよう、立花さん」

俺は立花さんの向かい側の椅子に腰掛けた。

何やらニコニコで上機嫌な様子。今日はいつにも増して笑顔が可愛い。何かいいことでもあったのかな。

新とデートの約束でもしてるとか。突然バイトし始めたのもデート代とかおしゃれ代とかだったりして。

新に連絡しても既読スルーされてるし……ちょっと訊いてみよ。

「立花さんってなんでアルバイト始めたの？」

「うーんとね、餌代を稼がないといけないの」

「餌代？　ペットの？」

一瞬、立花さんの視線が左上に逸れたような気がする。何か気になることでもあったのかな。

あ、あれか。壁に貼ってあるシフト表。今週は俺と同じ日に入っているみたいだ。

「……うん」

ちょっと力の抜けた返事。

確かにあのデカいゴールデンレトリバーの餌代はかなりかかりそう。

汗水垂らして動物を慈しむ立花さん。すてきですわ。

ガチャリとドアが開くと副店長が入室してきた。どうやら休憩時間のようだ。

「副店長、お疲れ様です」

「おはよう、佐原くん。今日は忙しいと思うから覚悟しててね」

「マジですか……じゃあ、ご指導のほどよろしくお願いします」

「はーい」

すっかり元気になったようだ。何かが吹っ切れたみたい。

副店長は帽子を取りながら俺の隣に腰掛けてきた。髪留めを外し、ミディアムヘアの髪をファサファサと振ると、香水とは違う香りが漂ってくる。そもそも飲食店だから香水NGだし。

するとなんだ、大人のフェロモンってやつか。

……あれ？　副店長って……こんな色っぽかったっけ。

そんな副店長に立花さんはジト目を向けながら謎の言葉を口にする。

「副店長……ダメですよ。DKもダメですからね」

普通の人ならDKってなんのことだって思うことだろう。だが建築業界にいる父の息子である俺に抜かりはないのだ。

ダイニングキッチン（Dining Kichen）。

あれ、なんで副店長はダイニングキッチンはダメなんだろう……。

副店長の予告どおり今日はかなり忙しい。

さすがはなごみのランチタイムだ。従業員が和む時間はしばらくなさそう。

ピーク時は席がいっぱいになると順番待ちのお客さんが出てくる。食べ終わった席を早く片付けてお客さんを案内しなきゃいけないのに、注文も取りに行かなきゃいけないし、出来上がった料理も運ばないといけない。途中でお客さんに話しかけられたり、アクシデントで子どもがお皿を割っちゃって片付けたり……。

他にもあれやこれやとやることが増えていき、ほとんど足を止める暇もないほど忙しい。

副店長なんかは料理を取りに行く合間にお客さんのお皿を下げたり、電話応対や会計業務も加えてやっていた。

さすがは副店長……。聞いたところによると一旦落ち着いて、優先順位を整理しながらやることがコツだそうだ。

はぁ……働くってマジ大変。時給の重みと親の有り難みが身に染みるよ。

──ふぅ、ピークはなんとか越えたようだ。

もう少ししたら長めの休憩時間だからそれまで頑張ろう。

「葉くーん、６番テーブルにパフェおねが～い」

「はーい」

客が少ない時間帯はしょっちゅう立花さんからご指名が入る。

キッチンにある呼び出しボタンを押すと、店内に設置されたカメラで従業員の動きを監視していたＡＩが、呼び出す従業員を指定する仕組みとなっている。ポケットに入れた機械が振動したら呼び出しの合図だ。

しかし、そんなのはおかまいなしとばかりにマニュアル完全無視の口頭呼び出しを喰らいまくっている。

店長に怒られても知らないよ？

こうして俺はめっちゃパシリをさせられまくっている。

嬉しいけどさ。いいんだけどさ。俺そんなにＭ属性付与されてないから程々にしてね。

それにしてもいったいどういうことなんだ。

店長から聞いたけど、入ったばっかりなのに立花さんはもう即戦力になっているらしい。

要領良過ぎないか。さすが普段料理しているだけあって、マルチタスクはお手のものってことなのだろうか。

　店長は興奮気味に『あの子は千年に一人の逸材だ』とか絶賛してた。それに加えて立花さんは千年に一人の美少女かもしれない。

　パフェを取りに行くと立花さんはニコニコ顔で待っていた。もう何度も見た光景。可愛いいんだよチクショウ。

　そびえ立つのは高さ60センチのジャンボパフェ。

「え、デカッ、何このパフェ」

「葉くん、気をつけてね？」

　その横からヒョコッと顔を出す立花さんから警告が発せられた。

　これがなごみで噂のジャンボパフェか。客が少ない時間帯限定、このボリュームでなんとお値段驚異の９８０円。一日限定先着3名様までだけど、コスパ最強過ぎんか。

　俺がそっとパフェグラスに手を添えると……なぜか立花さんは手を重ねてくる。

　心臓が跳ねたんですが。気をつけてとか言ってるけど、むしろあなたのせいでこのパフェを床にぶち撒けるところだったんですが。いいかげんにしていただきたい。

「な、何やってるの立花さん」

「葉くん、持ち上げるときが一番危ないんだよ？　だからお手伝いしてあげる」

「大丈夫だから。俺アームカール30キロくらいは持てるから。これくらいなら一人で持てるから」

めっちゃ早口でそう言うと、パフェを持ち上げ慌ててその場を離れた。

死ぬ。心臓が死ぬ。

えーっと、６番テーブルはどこだ。

あ、あそこか。

ここからは落とさないように慎重に運ぼう。ほかにもホールで働いているバイトの女の子にぶつからないようにしなくては。

そしてすれ違いざまに可愛い制服の強調された部分に目を奪われないように。

ホールで働いているとよくわかるんだよね。

男のお客さんは結構あれを見てることが。

まぁ仕方ないよね。だって俺たち男の子だもん。

ただお客さんのは絶対に見てはいけない。

ここはファミリーレストランなごみ。お客さんを不快にさせてはならないのだ。

６番テーブルに近づくとお客さんの姿が見えた。そこにいたのは二人の若い女の子。

恐らくこの世でただ一人だと思う。

俺が生おっぱいを拝んでも唯一興奮しない若い女の子が腰掛けていた。おっぱいって言わないようにしてたのに言っちゃったよ。

俺は黙ってパフェをテーブルに置いた。店員としてはあるまじき行為。

だがそれが許される間柄だから、失礼な態度は見逃してほしい。

「何やってんの美紀」

「わ～い！　デッカ～い！」

既にスプーンを片手にスタンバイ。俺のことなど視界に入っていない。

美紀は色が綺麗だとお気に入りのシャトルーズグリーンのTシャツを着ている。どこか遊びに行った帰りなのだろうか。

俺は美紀の向かい側に座るもう一人の女の子に視線をシフトする。美紀では話にならないから事情聴取はこっちにしよう。

「こんにちは、あんずちゃん。どうしてここに？」

あどけない顔。おさげがとってもチャーミングな女の子。真っ白で可愛らしいブラウスがとてもよく似合っている。東堂あんずちゃん。

美紀のクラスメイトでよく家にも遊びに来ている。三人で一緒に格ゲーをやったこともある仲だ。

「こんにちは、お兄さん。実はみっきーに連れてこられて仕方なく……私は止めたんですよ？　お兄さんのお仕事の邪魔になるからって」

「ほうほう……それで、本音は？」

「……みっきーがパフェ奢ってくれるって言うから来ちゃいました。たはーっ」

たはーっ、じゃないから。右手にスプーンで左手にフォークでスタンバってるからバレバレだからね？

「あ、お兄ちゃんいたの？」

そして君は今兄の存在に気づいたのかよ。

「あっ⁉　みっきープリン二つとも食べたでしょ⁉　ずるい！　というか早すぎ！」

「まぁまぁ、あんちゃん落ち着きなよ。真ん中のアイスは二つともあげるからさ」

「じゃあそこのイチゴも一緒に食べちゃお～」

「イチゴはダメーっ‼」

二人でパフェのどこを攻め落とすかで言い争いになっている。

わちゃわちゃわちゃわちゃ。

相変わらず仲がいいことで……。

しばらくその様子を観察していると、落ち着いたのかようやく最初の本題に戻ってくる。

「お兄ちゃん、私は千鶴お姉ちゃんに頼まれてきじょーしさちゅに来ただけだよ」

スプーンを片手にドヤってるけど全然言えてないからね。

「敵情視察？　いったいなんのこと？　ここに敵なんていないよ」

「敵はキッチンにいるんだよ。すごい強敵がいるんだって」

なんだそれ。キッチンを覗きに来たってことか？

あっ、そういえば武田さん。痩せたらここでバイトするって言ってたな。ということはバイト先の雰囲気を確認してきてほしいと美紀に頼んだということか。

俺に言ってくれればいくらでも教えてあげるのに……いや、客目線で見た店の雰囲気も大事ではあるか。それに男ではわからない女の子の感性も重要か。

「……事情はわかったよ。あんまり騒ぎ過ぎてほかのお客さんの迷惑にならないようにね」

「あっ⁉　お兄ちゃん！　待って！」

言ったそばから大きな声を出しやがって。今度はなんだ。

「お、お財布忘れちゃった～」

「えぇっ⁉　お金持ってきてないの⁉　みっきーが奢ってくれるっていうから私も持ってきてないよ？　ど、どうするの？　無銭飲食だよ」

「あんちゃん大丈夫だよ。お兄ちゃんが奢ってくれるって」

なぜ？　なぜそうなる？

労働によって千円の重みを実感したそばからさよならする羽目になるのか。

家が近いんだから取りに行けと言おうかと思ったが……美紀は武田さんの依頼でここに来てるんだよな。武田さんにはいつもお世話になってるし……仕方ない、今回だけだぞ？　今回だけなんだからね？

俺はポケットからミニ財布を取り出すと、千円札をスッとテーブルに滑らせるようにして置いた。

もう中身はからっぽだ。帰りにコンビニでプリン買って帰ろうと思ってたのに……。

「それ食べたら帰りなよ？」

「ありがとー、お兄ちゃん」

「お兄さん、ありがとうございます」

二人から離れてしばらく仕事をしていると、あれだけ積み上がっていたパフェタワーはすっかり崩壊していた。

あの華奢（きゃしゃ）な体の胃袋にどうやって収まったのか気になるところだ。

美紀たちは伝票を持ってお会計に向かっていった。結局何しに来たのかわからなかったな。

俺もそろそろ休憩だ。ゆっくりしよう。

「伝票をお預かりいたします。お会計９８０円になります」

「支払いチュイカでお願いしまーす」

「チュイカですね。どうぞ」

ピピッ。

――おい、俺の千円（英世）を今すぐ返せ。

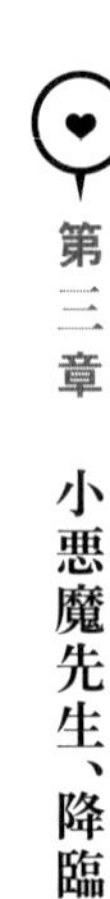

第三章　小悪魔先生、降臨

今思い返せば、美紀は『財布を忘れた』と言っただけで支払いができないとは一言も言っていなかった。

これは騙された俺が悪いのか？

いや、俺は悪くない。さすがにこれは帰ったらお説教タイムだ。

妹よ、今日こそは頭グリグリの刑だから。覚悟しておきなさい。

美紀へのお仕置きを心に誓い、休憩のためにスタッフルームへと入る。

とりあえず、まかないで栄養補給だ。バイト後に美紀を叱るためのカロリーも一緒にチャージしなくては。

さっきハンディターミナルでまかないを注文したら、立花さんがスタッフルームまで持ってきてくれるって言ってた。

しばらくは暇つぶしでもしていよう。

更衣室のロッカーからスマホを持ってきて着席。

さっそくメッセージアプリを起動する。

『あのさ、今さらなんだけど……新って本当に立花さんと付き合ってるんだよね？』

五日前に送った俺のメッセージが最後。それから新からの返信はない。

電話しても出ないし、どうしたものかな……。

あっ、そうだ。これなら何か反応するかも。

『立花さんがバイト始めたけど、知ってるよね？』

すぐに既読が付いたあと、ポンポンと通知音が鳴る。

『どういうことだ』『詳しく聞かせろ』

爆速の返信が２通。俺の質問は無視か。

『俺の家の近くにあるなごみってファミレスなんだけど……何も聞いてないの？』

『今ちょっと喧嘩してるだけだ』『関係が拗れるから立花には何も言うな』

それから返信してもスルー。

なるほど、喧嘩か……全くその線を考えていなかった。

付き合っていれば喧嘩の一つや二つあってもおかしくはない。なんで今までそんな簡単なことに気づかなかったんだろう。

……いつからだろう。

やっぱりプールで浮気がバレたことが関係に亀裂が入った要因なのかな。直前までは仲良く日焼け止め塗ってあげてたし……。

もしかして、これはチャンスなのか？

俺もいいかげん、この機会に白黒はっきりつけるべきか。

藤沢さんが言っていた、立花さんが俺の悪い噂を訂正して回っていた意味——それをはっきりさせるときが近いのかも。

でも、ここで焦ってはいけないのだ。

俺がこんなにも慎重になる理由。それは以前、美紀がこんなことを言っていたからだ。

女の子は繊細で、複雑だって。

彼氏を嫉妬させるために、ほかの男の子と仲がいいところを見せつけたりする女の子がいるって。

男の子じゃ理解できないことがたくさんあると……。

恋愛って難解過ぎじゃないか？

果たして、俺に乙女心を理解できる日は訪れるのだろうか——。


ガチャリとホールへと続く扉が開かれる。立花さんかな。

「おはようございます」

挨拶をしながら入ってきたのは立花さん——ではなく、誰だろう……。

タレ目でおっとりとした柔らかい瞳。妖艶で色気があふれる美女。

ミディアムヘアのポニーテールが少し可愛さを加えていて、大人可愛いお姉さんって感じだ。

とりあえず挨拶を返そう。

職場ではどんな時間帯でも『おはようございます』が基本の挨拶らしい。バイトをやるようになって得た知識の一つである。

「おはようございます」

「あれ？　見ない子だ。新しく入った子だね」

「はい、佐原葉って言います。乙女心が知りたい高校1年生です」

「ふふっ、なにその自己紹介。君が副店長の言ってた佐原くんか……じゃあ私も、柊 美鈴です。目玉焼きにはソースをかけたい大学2年生だよ」

なるほど。たまにいるよね、ソース派。

しょうゆも悪くないんだけど、やっぱり俺はこれかな。

「俺はマヨネーズですかね。プラスして七味かけると美味いですよ」

「へぇ～おいしそうだね。明日の朝やってみよ」

どうぞお試しあれ。

柊さんは肩にかけたショルダーバッグを外しながら、俺の向かい側の席に腰掛ける。

「高校1年生ってことは16歳？」

「いや、まだ15歳です」

「じゃあ5歳差だ。学年だと四つ違いだね。若いっていいなぁ……青春真っ只中だ」

柊さんは机に両肘をつき、顎乗せポーズでこちらを観察してくる。

見れば見るほどべっぴんさんだ。

高校生には出せない色気というかなんというか。

「二十歳ってことですよね？　十分若いじゃないですか」

「まぁね～……でも高校1年生からしたら大人って感じでしょ？」

少し色っぽく、微笑みながら問いかける。

確かに、お化粧してるから余計そう感じるのかな。

なら、これでどうだ。

「じゃあこうしましょうか。柊さんだけ今から4年前にタイムスリップしました。俺と同じ高校1年生です。タメだね、よろしく」

「設定が雑、投げやり、ちゃっかりタメ口！　でも、敬語よりそっちのほうがいいかも。なんか急にお姉さんじゃなくなった気分」

「それはそれは、お姉さんはここのバイト長いんですか？」

「タイムスリップしたままでもいいよ。大体3年くらいかな。ちょっと前に一度辞めたんだけど、また戻ってきたの」

つまりバイトの出戻りか。

その原因ってもしかして……。

「あのヤバい店長が原因だったり？」

「あれ？　やっぱり噂になってるんだね。そうだよ、しばらくは我慢してたけど……ウンザリして辞めたの。でも副店長にいなくなったから戻ってきてほしいって言われてね」

「そっか、じゃあこれからよろしく」

「こちらこそ。ちなみに……」

柊さんは声色を少し低くして目を細める。

「社会人になって、職場で年上や先輩にタメ口は嫌われたりするみたいだから気をつけてね？」

「す、すみませんでしたっ、もうしませんお姉さま」

「ふふっ……冗談よ冗談、そのままでいいから。ほんと、可愛い」

一瞬ヒヤッとした。

ちょっと小悪魔お姉さんだなこの人。

どうやら精神年齢は二十歳のままタイムスリップしてしまったようである。

「少し話を戻すけど……乙女心が知りたいの？」

「知りたいです」

「敬語になってる」

「絡み辛いんで戻しました」

「もう……確かに乙女心がわかってなさそうね」

なんでちょっと残念そうなんだ。

柊さんは話を続ける。

「ちょっと授業でもしようか？　女の子っていうのはね、ときどきほかの女の子が好意を寄せている男の子が魅力的に見えちゃうときがあるの。なんでかわかる？」

突然始まったクイズ。もしかしてこれは乙女心の授業か。

少し考えを巡らせる。

うーむ、これが答えか？

「その女の子と感性が似てるとか？」

「ぶぶー、正解は『いい女の子が好意を寄せるのは、いい男の子が多いから』でしたー」

「え～!?　いい女の子っていう前提条件がなかったじゃないですか」

「あまいね～、そこを見抜くのも乙女心なの」

それ、乙女心関係あります？

柊さんはバッグからスマホを取り出すと、こちらに画面を向けてくる。

「佐原（さはら）くん、連絡先交換しない？　乙女心、もっと教えてあげるから」

「え、ほんとですか？　じゃあ、よろしくお願いします」

これはまたとないチャンスだ。さっそくメッセージアプリのＱＲコードを読み込んで連絡先の登録が完了。

この小悪魔先生に教われば、夏休みが終わる頃には乙女心マスターになっているに違いない。

「葉くん、おまたせ～」

ようやく、お待ちかねの立花さんがまかないを持って入ってきた。

なごみの基本的なメニューは、従業員割り引きが適用されて全品300円で食べることができる。

俺が今日頼んだのはチーズハンバーグとライスだ。

立花さんは料理をテーブルに置くと、俺の向かい側に座る柊さんと会話を始めた。

「おはようございます、柊さん」

「おはよう」

挨拶の感じから察するに、どうやら二人はすでに顔を合わせているようだ。

こうして見るとすごい光景だな……色気のある美人と清楚な美人が視界に映っている。

なかなかお目にかかれない。

立花さんは持っていた丸盆を胸に抱える。

「葉くんとなんの話をしてたんですか?」

「ん？　気になる?」

「はい、気になります」

「乙女の話をしてたの」

柊さんは口元に人差し指を持っていき、色っぽく内緒のジェスチャーを向けてくる。

どうやら乙女心の授業は内密らしい。

ギョッと、立花さんがこちらに視線をシフト。

なんでしょうか。

ちょっと目が怖いです。

「葉くん、変なことされてないよね？」

「変なことはされてないよ。でもいいことはされた」

「いいこと!?　いいことって何!?」

「内緒です」

「もー、エッチなことはダメだからね？」

またそれですか。

もうツッコミませんから。

「佐原くん、バイトが終わるの何時？　カラオケ行かない？」

「葉くんは行きません」

「あいりちゃんも行きたいの？　素直にそういえばいいのに」

「そういうことじゃありません」

「佐原くん、映画は何が好き？　今度観たい映画があるんだけど」

「私がお付き合いしますよ」

「えー、ラブロマンスを女子二人で観るの？」

「……それじゃあ、誰か行ってくれそうな男の子を紹介しますよ」

「ありがとう、それで今佐原くんを紹介してくれてるんだー。あいりちゃん優しい！」

「ん〜！　違います！」

——料理が冷めてしまうから早く頂こう。

立花さんを軽くあしらう柊さんとの会話を観察しながら、ハンバーグを口に運ぶ。

俺が散々翻弄され続けてきたあの立花さんをこうも簡単に……。

これが、乙女心を熟知した御業か。


——着替えを済ませた俺は更衣室を出て伸びをする。

時刻は18時、今日のバイトはもう終わりだ。

もちろん美紀へのお説教は忘れてない。その前に……今日もコンビニでプリンを買ってから帰ろう。

プリン、プリン、プ〜リ〜ンっと。

……あぁっ!?

美紀に千円（英世）を攫（さら）われてしまったのを思い出す。

今日は我慢するしかないか……。

「はぁ～……プリン食いたい」

「葉（よう）くん、プリンが食べたいの？」

同じく仕事終わりの立花さんが、俺の独りごとを拾ってきた。

プリン、食べたいです。英世さえいれば……。

「うん、でもお金持ってないんだよね～。だから今日のデザートは家の冷蔵庫に入ってるヨーグルトで……あれ？　そういえば昨日美紀に食われたな」

今日はデザートなしか。

立花さんはスマホをぽちぽちしだす。

ニヤッと画面を眺めながら何か考えている様子。

そして――。

「葉くん、お買い物付き合って？」

……え、なぜそうなる？

俺は今、スーパーのロゴが入ったレジ袋を手にぶら下げている。

中にはプリン……ではなく、卵、牛乳、砂糖だ。

いったいなんのためのものなのか、想像がつくだろうか。

答えは簡単だ。

これはプリンの材料である。

料理ができない俺が、プリンではなくその材料を買ってきてどうするんだと疑問に思うかもしれない。

だがこの答えも簡単だ。

料理ができる人が作ってくれればいい——。


時刻は18時30分。辺りは薄暗く日没が間近に迫る中、俺は家の玄関ドアを開けて帰宅した。

「ただいま〜」

「お邪魔しまーす」

今日は来客が1名、声の出どころは俺のすぐ隣。

トタトタと、軽快な足音が聞こえてくる。

すぐにリビングから美紀(みき)が飛び出してきた。

「あーっ、きた！　あいりお姉ちゃん、いらっしゃ〜い！」

「こんばんは、美紀ちゃん」

またあの人が来てしまった。いや違う、連れてきてしまった。

あの立花さんを……。

だって、仕方ないじゃん？

買い物に付き合ってくれたらプリン作ってくれるっていうんだもん。

プリンが食べられるって言われたら、断れないじゃん？

そして、虎の格好をした武田さんも玄関にお出迎え。

なんだか焦った様子だ。

「み、美紀ちゃん！　敵情視察を頼んだのにどうして敵が来るんですか!?」

「ごめん千鶴お姉ちゃん……だってだって、パフェのプリン食べてたらもっとたくさん食べたくなっちゃったんだもん」

「言ってる意味がわかりません！」

……どういうことだ？

もしかして今日は俺がプリンを買えない、プリン食べたいと発言する、立花さんがプリンを作りに来てくれる。そういう美紀の作戦だったのか？

いやまさか……それはさすがにないだろう。

「とりあえず上がってよ。お手洗いはそっちにあるからご自由に」

「うん、ありがとう。それはそうと……なんで武田さんはタイガーマスクを着けてるの？」

武田さんにも、いろいろと事情があるようなんです。

買ってきたレジ袋をキッチンへと運ぶと、さっそく立花さんは腕捲りをして調理の準備を始める。

気になったのか、武田さんも様子を見にやって来た。

「プリンを作るんですね？」

買ってきた材料を見ただけで、武田さんは一発で正解を言い当てた。

さすが武田さんである。

「うん、よくわかったね」

「……しますか？　勝負」

武田さんが立花さんに鋭い目を向ける。

「いいよ？　勝ったほうは？」

勝負を受けた立花さんもまた、武田さんに視線を返す。

「じゃ、じゃあ……ひ、ひっ、膝枕でっ！」

「ぜっっったいに負けないからっ！」

またしても料理対決が勃発。

この二人、会うたびにこんなことしている気がする。

というか……膝枕って何？

二人がキッチンでバトルしている間に、晩飯を済ませてしまおう。

今日は何かなぁ……あ、金曜日だからカレーだった。勝負の邪魔をしないように、自分でよそってテーブルに持っていこう。

武田さんが作るスパイスカレーだが、週替わりで味変している。毎回スパイスの配合率を変えているらしい。

テーブルに着き、味を分析するかのようにパクッと一口。

今日は辛さ控えめで、酸味がいい感じのアクセントになっている。

美味い……労働の後ということもあり、いくらでも胃袋に入っていきそうだ。

——おっと、いけない。

プリンとカレーに気を取られて肝心なことを忘れていた。

「なぁ妹よ」

「はふはふっ、なんだねっ、兄よ」

「なんだね、じゃないよ。俺の千円返しなさい」

一足先、2杯目のカレーを頬張っていた美紀に返金の要求をした。

美紀はまるで指揮棒を扱うかのように、スプーンをふりふりとさせながら答える。

「お兄ちゃんはわかってないね～、よく考えてみなよ。今日お兄ちゃんがあの千円を使ってプリンを買ってきていたら、あいりお姉ちゃんがプリンを作りに来てくれることはなかったのだよ。つまり運命を変えたのはこの私。感謝したまえ」

俺が想像していた美紀の作戦。まさかあれ、ホントなのか？

いや、騙されるな俺。

この口がうまい妹の言葉をうのみにしてはいけない。

「たまたまでしょ。俺のお金が足りなかったり逆に余ったら破綻する作戦だよそれ」

「うん、たまたまだよ？　でも最近、お兄ちゃんがいつもプリン買って帰るからそうなったらいいなーって思ってた。でも作戦が失敗しても大丈夫、お兄ちゃんの千円はプリン代に全部使ったから。疑うようなら冷蔵庫を見てくるといい」

「ほ、本当だろうな？」

冷蔵庫を覗きに行くと俺のものを示す『われのものシール』が貼ってあるプリンが８個も入っていた。

マジか……この妹、できる。

席に戻り思案。

しょうがない……今回は許してやるとするか。

「よかろう。ただし……冷蔵庫のあのプリンは我のものだから」

「…………」

返事をしなさい、返事を。

晩飯を終えてしばらく美紀とゲームをやりながら時間を潰していると、ようやくお待ちかねのプリンが完成したようだ。

蒸したプリンだから冷やすのには時間がかかる。

今日食べる分はあったかいプリンになるらしいけど、それはそれで悪くはないだろう。

「では、私のほうが先に出来上がったので……どうぞ」

武田さんが差し出してきたのは小ぶりで形の整ったプリン。見た目は特に変わり映えはしない……が、一口含むとめっちゃ濃厚。

スルッと胃袋に吸い込まれてゆく。多分今日買ってきた材料以外も使用しているのだろう。

「めっちゃトロトロ……大変、おいしゅうございます」

「おいし～、とろけるぅ～」

俺も美紀も大満足だ。

さてさて、お次は立花さんだが……いったいどんな味で楽しませてくれるのだろうか。

「ちょ、ちょっと形が崩れちゃったかもしれないけど……多分そっくりにできたと思う」

少し照れながら差し出されたプリンはお山が二つ。俺の分と美紀の分。二つでセット。

ちょ、ちょょっと待てよ？　この形……え？

「た、立花さん……こ、これは？」

「お……おっぱいプリンだよ？」

「お、おぱっ!?　えっ!?」

おっぱいプリン——それは山形の電器店が、いたずら心で作ったところから発祥したスイーッ。

ご当地プリンとして民衆に親しまれている。

どうやって型取りしたんだこれ。

さっき『そっくりにできた』って言ってたよね？　つ、つまりこの形は……。

Fプリン……て、ことなのか？

生唾をゴクリと飲み込む。形状を脳にインプット。

する暇もなく——。

サクッ！

武田さんから放たれるスプーンの鉄槌。俺のプリンの乳首が刈り取られる。

「あぁぁぁ!?　先端部分がぁぁ!?」

「こんなのダメですっ!!　ハレンチです！」

「武田さんヒドイ！　失格だよ」

「立花さんこそ卑猥罪で失格です！」

「だ、だっておっぱいプリンは男の子が喜ぶってお父さんが言ってたんだもん！」

立花さんのお父さんは娘にいったい何言ってるんだ。だいぶ距離感が近い親子なんだな。

そんなことは今どうでもよくて、まだ、まだ間に合うっ！

「美紀っ！　俺のと交換しないか？」

「こっちもおいし～」

美紀のプリンの乳首は、すでに美紀の口の中である。

妹よ……もう少し楽しまないか。こう、見た目をさ。

こうなったら想像力を膨らませて……だめだ、肝心な部分を失った今、どう頑張ってもただのプリンにしか見えない。

「そんなぁ……立花さんのおっぱいが……」

「え、葉くん……それ私のおっぱいがモデルじゃないよ？　市販のおっぱいプリンの容器で型取りしたの」

だ、騙された……さっきまで興奮していた俺が馬鹿みたいだ。

味は武田さんのプリンに引けを取らないほど、美味なプリンであった。

この勝負、双方失格でドロー。

❤【新】しい偽垢

夏休みに入っても、俺は変わらず立花の家で料理を振る舞われている。

あと20日、この生活を耐えれば全てが終わる。

それで——立花は俺のものだ。

佐原からは立花との関係を疑う内容のメッセージが届いていたが、フル無視を決め込んだ。

あいつはいまだに俺と立花が付き合っていると勘違いしてくれているようだし、何も言わないほうが都合がいいだろう。

そう思っていたところ、佐原から追加でメッセージが届く。内容は立花がファミレスでバイトをしているというもの。

聞いてねぇぞ……そんな話は。

少し冷静になり考える。あの量の手料理は相当食費がかかっているはずだ。立花の家の外観、家具から察するにそんな裕福な家庭ではないだろう。

つまり、立花は俺のためにわざわざ内緒でバイトして稼いでまで身銭を切ってくれている。

健気じゃねぇか……ますますいい女に見えてくる。

このまま放っておいても問題はないかと思ったが、同じ職場で佐原も働いているって話じゃねぇか。

幸いにも二人はキッチンとホールで別々らしいからそこまで接点はないだろうが……二人が接触する機会が増えれば、いずれ佐原が「立花と新（あらた）は付き合っている」と口を滑らせる可能性も高くなる。

佐原には何も言うなと伝えたが、このままでもいいものか……。

それに職場にいる男どもが一番の気がかりだ。あんな女が身近にいたら絶対に放ってはおかないだろう。

——そうだ、俺も同じとこでバイトすればいい。

さすがにこの頭だと採用されるのは難しいだろうからカツラをかぶっていこう。

面接前、きっちりと身なりを整える。

履歴書も完璧（かんぺき）に仕上げた。抜かりはない。

あとは普通に受け答えすればいいだけ。

たかがファミレスの面接で落とされることはないだろう。

店長は女か……ブスではないが俺からしたら年増だな。

やっぱ抱くなら若い女がいい。

「えーっと、進藤新くんね。キッチンとホール、どちらを希望ですか？　アルバイトが初めてなら得意なほうを言っていただければ」

「料理が得意なのでキッチンでお願いします」

本当はホール。料理なんてできねぇから。

「キッチンを希望っと。えー、どれくらいシフトに入れそうですか？　土日に出てくれると助かります」

「とりあえず夏休み中は何時でも。土日ももちろん大丈夫です」

本当は立花のいる時間以外は出るつもりはない。

あとでやっぱり無理って言えばいいしな。

「それは助かります。あっ、志望動機はなんですか？　流れ的に最初に訊くんだったこれ。ごめんなさいね〜、店長になったばっかりなもので」

「いえいえ、大丈夫ですよ。志望動機はこのお店が好きで働きたいと思ったからです。小さい頃によく家族と来てたんですよね。今でもあのとき食べたお子様ランチの味を覚えているくらいです」

本当は手に入れたい女がいるから。

バイトの面接なんて家が近いからとかでも問題ないだろうが、確実に好印象を与えるアンサーをチョイス。

そのあともつまることなく最適解の回答で切り抜けた。

我ながら完璧だ。

「——はい、以上で面接終了です。お疲れ様でした。結果は追ってご連絡しますね」

「お忙しいところご対応いただきありがとうございました。よろしくお願いします」

最後まで気を抜かずに。店を出るところまでが面接っていうしな。

——よし、終わった。あとは合格の連絡が来るまで待つだけだ。

◇

三日後、面接を受けたファミレスから電話が鳴った。

ようやく来たか……どんだけ待たせたんだよ。遅すぎだろ。

イラつきを静めながら通話をタップする。

「はい、進藤です」

「あ、もしもし。私、ファミリーレストランなごみの店長の北村と申します」

「お世話になります」

「お世話になりますー。この間はアルバイトの面接ありがとうございました。結果なのですが……」

はいはい、もったいぶるなよ。合格合格。

「残念ながら、今回は進藤様のご希望に沿えない結果となりました。誠に申し訳ございません」

――は？　何言ってんだこのババア。

「え、冗談ですよね？」

「えーっと、冗談とかではなく……」

「はぁ？　え？　な、なんでですか？　どこがダメだったんですか？」

納得いかねぇだろ。

面接だって完璧だった。

佐原が受かって俺が落ちる道理がねぇんだよ。

「えーっと、そのー、当社では独自に素行調査を行っておりまして、どうやらそこで引っかかったみたいで……あっ!?　これ言っちゃいけなかっ――」

もう落ちたから関係ないと、そのまま通話を切った。

素行調査だと？

嫌な予感がしてインターネットで自分の名前を検索してみる。

すると、一昔前に流行り今は廃れたSNSが出てくる。俺の名前のアカウントだ。

作られたのは最近だ……こんな誰も見ないようなとこで作った覚えねぇぞ。

いったい誰だ、適当なことが書いてあったらぶっ殺すぞ。


——そこには、事実だけが書かれていた。


まるで俺自身が作ったかのような、包み隠さない本当の俺のプロフィール。

俺の過去の悪事、女関係のことまで、赤裸々に記されている。

こんなものを見られて裏を取られたら、採用なんてされるわけがない。

ふざけやがって、ふざけやがって、ふざけやがって！

くそ野郎が……絶対に許さねぇ。弁護士使って名誉棄損で訴えてやる。

細かく内容を確認するために何度か画面を切り替えていると、突然アカウントが削除される。

なんだよこれ、何が起きたんだ。

意味が、意味がわからねぇ……。

困惑する自分の顔が姿見に映る。

焦りが体中を駆け巡る——その感覚が、俺の心を蝕んでゆく。

第四章　乙女心授業

「ありがとうございました～」

ペコリとお辞儀をしながらお客さんをお見送り。

ふぅ……ピーク時間が過ぎ、かなり空席が目立つようになってきた。あとは食器を片付けてテーブルを綺麗にしてっと……よし、休憩まであと少し、頑張ろう。

今はお客さんの様子を窺いながら、料理が出来上がるのを待っている。

みんな美味しそうに食べてるなぁ……。

副店長に聞いた話だと、ファミリーレストラン『なごみ』は、『いつでも和やかな空気の中で食事を楽しむことができる』をコンセプトにしているらしい。

それを可能にする要因の一つが従業員の数だ。人員不足でバタバタした雰囲気をお客さんに伝えてはいけない。落ち着いて食事を楽しんでもらえるように、従業員を多めに配置しているそうだ。だけど前の店長のせいでここの店舗はベテランが多く辞めてしまったから、かなり大変な時期にあるらしい。

それでもここで働く先輩が言うには、ほかの飲食店に比べたら今でも十分天国だって言ってた。大手ファミレスチェーンの中では従業員にかなり優しい優良企業なんだとか。ほかのファミレスは忙しすぎて、なかなか休憩にも入れなくて嫌になるらしい。

　家から近いという理由でここにしたけど、初バイトにしてはなかなかいいところをチョイスしたのではないだろうか。

「仕事は慣れたかな？」

　すっと、俺の隣で待機するのは小悪魔先生――柊さん。

「そうですね。いい先輩のおかげですかねこれは」

「ん？　それは私のことかな？」

「柊さんはいい先輩じゃなくていいお姉さんなのでちょっと違いますね」

「ふふっ、それだけ余裕そうなら大丈夫だね」

「あ、でもレジ打ちだけはまだちょっと緊張します。なんなんでしょうあれ」

　俺がやるのはお客さんが少ない時間帯で、補助してくれる先輩が近くにいるときだけだけど。

「あるあるだね。私も新人のときはそうだったよ」

「へぇ～意外。なんか柊さんって緊張とかしなさそうですし」

「初めてなんてみんなそんなもんだよ。余裕そうに見える、見せているだけで内心は心臓がバクバクしてたりするもんだ」

「なるほど、じゃあ柊さんは今心臓がバクバクしてるかもしれないということですな」

「そうだよ？　確認してみる？」

そう言って右手を左胸に当てている。ふむふむ……ビタミンCかな。

「いえ、大丈夫です。確認したら俺の心臓がバクバクしてしまうので」

そんな俺の冗談に対して、くすくすと笑う柊さんの姿はやけに色っぽい。この人本当に大学2年生なのかな。

柊さんは後ろで手を組み、体の正面をこちらに向けてくる。

「それじゃあ佐原くん。いつものあれ、やる？」

近くの席にお客さんはいないし、店長も裏手にいる。今がチャンスだ。

「いいですよ。今日こそ当てます」

俺は柊さんの足下から頭の先まで、観察するように注視する。これだけ美人だから、ほかの人が見たらただ嘗め回すように見ているだけだと思われることだろう。

しかしそういうことではないのだ。

これは立派な乙女心の授業である。

白いヒール、スラッとした脚、フリフリのスカート、きゅっと引き締まったウエスト、C、綺麗な首筋、バッチリと決めた大人メイク……。

いったいどこだ……違う、違う、これも違う。

……あっ!? 見つけたぞ！　これだ！

「はいはい、わかりました！　そのポケットに差してる赤いボールペンが昨日と違う」

乙女心授業その4――女の子はちょっとした変化に気づいてくれると嬉しい。

確か昨日は黒いボールペンだったはず。

今日こそは正解だ。この勝負、もろたで！

「ぶぶー、正解は『仕事中は着けちゃいけない指輪を着けている』でしたー」

柊さんは後ろで組んでいた手をこちらに差し出してくる。

そんな、ずるいぞ。

「さすがに見えない範囲は反則じゃないですかね？」

「さっきちゃんと見せたよ？　心臓がバクバクしてるか確認するって訊いたときに」

右手を左胸に当てたときのポーズを再現する。確かに……人差し指にシンプルな指輪がはまっているのがちゃんと確認できる。

というか、無理だから。そのポーズはCに目がいっちゃうんだもん。

「ぐぬぬ、今日は絶対いけると思ったのに……」

「まだまだだね。変化が一つだけとは限らないんだから、その辺も気をつけて見ないと」

きゅぽっと指輪を外し、スカートのポケットにしまう。

恐らくあの赤いボールペンはフェイク……すっかり騙された。

「ちなみに乙女心熟知度10をマックスとすると、今の俺のレベルってどの辺ですか？」

「2だね」

「2⁉　ちなみに一般人は？」

「4かなぁ」

「俺ひくっ⁉　ゴールが遠すぎてモチベが下がりそうです」

まだまだ一般人以下。乙女心マスターへの道のりは険しい。

「ふふふ……じゃあレベル4になったらご褒美あげる」

「え、ほんとですか？　何くれるんです？」

「それ聞いちゃう？　何が貰えるかわからないから楽しみなのに……内緒にしておきたい乙女心がわかってないからレベル1に降格」

「そんなぁ⁉」

「ふふふふふ……」

小悪魔先生め……楽しそうにレベルを下げてくるとか、一番嫌われるタイプのモンスターだからね。

「よぉ～おぉ～～くぅ～～～ん」

キッチンのほうから立花さんが低い声で俺を呼んでいる。

料理ができたのかな。

「は～い」

「また柊さんとイチャついてたでしょー」

「いやいや、イチャついてないよ。俺は真剣に授業を受けていただけでしてね」

「なんの授業か知らないけど、エッチな授業はダメだからね？」

立花さんは若干ご立腹。

ホールよりもキッチンのほうが忙しい。だから雑談で暇そうにしているのが気に食わなかったのだろう。

とりあえずエッチな授業発言はスルー。

そんな授業があったら受けてみたい。

「そんな授業があったら受けてみたいね～。あいりちゃん、今度先生役やってくれない？」

今のは俺の発言ではない。

発言の内容に関しては俺の本心だけど。

声の出どころは立花さんの右隣から顔を覗かせる金髪爽やかイケメン。

あのヤバい元店長からの嫌がらせを物ともせず生き残った鋼メンタルの持ち主。大学3年生、キッチン歴4年の柴田さんだ。

「私は今忙しいので、先生役でしたら柊さんはどうでしょうか。暇そうにしてますし、永久的に柴田さんの専属にしていただけたら欲しがっていた連絡先をプレゼントしますよ」

「えー、だって美鈴ちゃん全然構ってくれないんだもん」

「熱意が足りないのではないでしょうか。柴田さんすてきなので、情熱的にアプローチし続ければ絶対に振り向いてもらえますよ」

「そっかそっかぁ、じゃああいりちゃんも情熱的にアプローチし続ければ振り向いてもらえるのかな？」

「それは未来永劫無理だと思います」

「ひー、ガードが堅いなぁ」

こういうやり取り見たの、もう何回目だろう。

柴田さんは発言こそチャラいけど、普通に面倒見がよく優しくてカッコいい先輩だ。

立花さんも今は彼氏がいるからナンパをお断りしているが、新と別れたらどう転ぶかわからない。俺も負けないように気をつけないと。

「誰がアプローチし続ければ振り向いてもらえるのかな？」

柊さんが俺の後ろから顔を覗かせる。

聞いてたの、というかいつの間に背後にいたんだ。

「お二人は年も近いですし、美男美女カップルでお似合いなのでそうなったらいいなと思いまして」

「うーん、柴田さんはいい人だけど……私は年下の可愛い後輩とかがいいなぁ」

「そうですか、ではどこかの誰かさんみたいにならないように18歳以上の男の子をお勧めします」

「あぁ、大丈夫だよ。私今4年前にタイムスリップしてて16歳の高校1年生だから」

「なんですかそれ、意味がわかりません」

すみません、それ俺のせいです。

「はいはいみんな、喋（しゃべ）ってないで仕事仕事」

パンパンと手を叩きながら、店長がこの会話に終止符を打つ。

それなら仕事の話だったら問題ないだろうと思ったのか、柴田（しばた）さんが店長に質問をする。

「あ、店長。そういえばあいりちゃんと同じ高校から一人キッチンに雇うって言ってましたけど、いつから出勤なんですか？」

「あー……あの子ね。不採用になっちゃったのよ」

「えっ!?　あいりちゃんの高校、偏差値高くて要領がいい子が多いのにもったいなくないですか？」

「うーん、面接したときの印象はとってもよかったんだけどねぇ……本社は懸念点があったみたいで不採用だって。前の店長の一件で本社もナーバスになってるみたい。柴田くんも女の子関係には気をつけてね？」

「あ、了解でーす。あいりちゃん、今日バイト終わったらご飯行かない？　美味（おい）しいイタリアンのお店知ってるんだけど」

「柴田くん、私の話ちゃんと聞いてた？」

店長、多分聞いてないと思います。

俺と同じ高校から一人面接に来てたのか。

採用されなかったその人の分まで、今日も頑張ろう。


――と、意気込んだ気持ちを仕事にぶつける前に大きいトイレを済ませた。

手は念入りに洗い、最後にアルコール消毒をすれば完璧だ。

それからデシャップ担当の副店長から料理を受け取りに行く。

デシャップというのは料理の進行を管理したり、盛り付けの確認を行ったり、ホールスタッフへ指示をする重要なポジションだ。

言わば飲食店の司令塔である。

元店長の一件で精神的に落ちてたから一時的に業務から外されていたらしいけど、何か吹っ切れたみたいで通常業務へと戻ったみたい。

「はい佐原くん。よろしくね」

「へい」

「へいじゃなくて、はいね」

「ずびばぜん」

「ずびばぜんじゃなくて、すみませんね」

「これは副店長が元気になって、嬉しくて涙を流しているから濁音がついてしまったんですよ」

「ふふっ……じゃあ許しちゃお」

「了承をいただいたところで、いってまいります」

「はい、おねがいします」

ニコッと笑い、今日も元気に副店長は働いている。

なんか生き生きしてて楽しそうで、見ていてこっちも元気になるからついつい冗談を言ってしまうよ。

トマトパスタ、マルゲリータ、グリルチキンにビーフステーキ。

一度に全部は持っていけないから、とりあえずパスタとピザを持つ。慣れてくると一度にたくさんの料理を運べるようになるらしい。

でも新人が無理して運ぼうとすると落っことすから気をつけるようにと副店長に言われている。

だから焦って持っていくのはダメなのだ。

腹減ったなぁ……美味そう……やば、よだれが垂れそう。

唾を飲み込みお客さんの元へと運びに行く。

えーっと、えとえと5番テーブルはっと……あれ？

四人掛けのファミレスソファには見知った顔ぶれ。

「みんな揃って珍しい。どっか遊びに行ってたの？」

右手前に陽介、右奥に文也。左手前に藤沢さん、左奥に大澤さん。

どうしたんだろう、夏休みに四人でいるなんて……あれ？

俺誘われてないんだけど……もしかして、ハブられてる？

「久しぶり、元気にやってる？　遊びに行ってたわけじゃなくて、葉の働きぶりが気になったからみんなで様子を見に行こうって話になったんだよ」

と、代表して答えるのは陽介。

なんだ、ハブじゃなくてよかった。

「ははは、似合ってねー」

「そんなことないよ。よーちん似合ってるよ？　ねー、ゆずっち？」

「うん、あたしもいいと思う。むしろ柳のほうが似合わないだろうね」

「うっせ、俺は接客業とかやらねーの」

「やらないじゃなくてできないの間違いでしょ？」

「あ？　まったく……そうやっていちいちお前は突っかかってくんなぁ」

「これこれ、喧嘩しない。パスタとピザは誰の？」

「あ、パスタはうち、ピザはゆずっちのだよ」

「はい、お待たせしました」

女の子二人に料理を配膳。

どうぞお召し上がりください。

と言ってもこういう状況って、全員の料理が揃うまで待ってるパターンだよね。

「葉、早く俺のビフテキ持ってきてくれ。朝からなんも食ってねぇからさすがにきちーわ」

ビーフステーキの略としてビフテキという言葉を使う人がたまにいるらしい。でも語源はビフテックというフランス語で、単にステーキという意味なんだとか。

年配のお客さんがたまに略語で注文してくるから覚えておくようにと、副店長から教わった雑学だ。

もしかしたら文也はお父さんからの影響なのかな。

「うん、もうできてるから今持ってくるよ」

そう言ってキッチンに向かって振り返ろうとしたところ、

「大変お待たせしました。ビーフステーキのお客様」

柊さんがビフテキとグリルチキンを持って現れる。

しかし、文也は何も答えない。

……ん？　何か、フリーズしてる……？

「…………超マブい……やばい、惚れた」

――え？

「お、お名前はなんて言うんでしょうかっ、俺、ビフテキって言います。柳文也です」

落ち着け文也。

逆、逆だから。変な自己紹介になってるから。

意外にも文也はお姉さんに一目惚れタイプするだったのか……。

文也が敬語使ってる姿は初めて見るかも。

「ふふっ……はい、ビフテキさん」

柊さんはビフテキを文也に、グリルチキンを陽介に配膳する。

「佐原くんのお友達？」

「そうです。みんな同じ高校ですよ」

「へー、みんな頭いいんだってね。柊美鈴って言います。突然だけど、最近ここ人手が足りてないみたいだから、暇だったらうちでアルバイトでもどうかな？」

「はいはい、やります！　ホール希望です！」

まるで学校の授業中かのように手を天高く上げて答える。

文也よ、接客業はやらないいんじゃなかったのか。

というか部活はどうする気だ。

「こら、お仕事中の人をナンパするな」

「いでででっ！　耳を引っ張るな！」

暴走気味の文也を大澤さんが止めに入る。

大澤さん、文也の耳が千切れそうなくらい伸びてるからその辺で。

「男二人は部活があってできないかと。というかこいつは馬鹿なんで雇わないほうがいいと思います。私は考えておきますね」

「うちも考えておきます」

大澤さんが柊さんの質問に答え、藤沢さんも同調するように回答した。

「よろしくね。佐原くん、私は戻るから。お客さん少ないし少しの間なら話しててもいいよ？　それじゃ」

「ありがとうございます。ではお言葉に甘えて」

文也は柊さんが遠のく姿を名残惜しそうに見つめている。

なんだろう……もしかして、俺が立花さんを見つめる姿は周りからこんな風に見えているのか？

なんか、急に恥ずかしくなってきた……。

「おい葉、あとで柊さんのことで知っていること全部教えろ」

「文也、俺は今いろんな意味で恥ずかしいよ。まさかヤンチャな文也がチョロ男だったなんて」

「チキンのお前に言われたかねーよ」

「あー、俺チキンだから柊さんのこと教えられないかも。ぴよぴよ」

「うそうそうそ！」

「さすがに連絡先までは教えないよ？　本人から聞いてね」

「ちょっ!?　おい！　なんでお前が連絡先知ってんだ!?」

「なんでって……交換しようって言われたから？」

「は、はぁぁぁぁ!?　おまっ、そういう意味だったら許さねーかんな!?」

どういう意味だ。

さっきからうるさいんだけど……声のボリュームをあと二つくらい下げてくれないか。

とりあえず文也は放っておいて。

「陽介(ようすけ)は部活どう？　暑くて大変じゃない？」

「うん、でも楽しいよ。早く大会に出たいから今は頑張らないとね」

「大会の日程決まったら教えてよ。応援に行くから」

「わかった、ありがとう」

そのときは陽介ファイトのうちわを持参していくよ。

「大澤さんは柊さんの誘い断らなかったけど、バイトの予定とかあったの？」

「んー、そういうわけじゃないけど。あいりが楽しいって言ってたからちょっと興味が湧いた感じかな」

「うちもー」

「まぁ夏休みはのんびり宿題しながら過ごすかな。学校始まってから放課後だけでもいいって感じなら応募するかも」

「宿題とかいう嫌なワードを出さないで」

今考えないようにしてるんだから。

「よーちんはバイト楽しい？」

「うん、楽しいよ。先輩も優しいし」

「いいなぁ、いいなぁ。じゃあうちがもし入ったらよーちん教えてね？」

「ふむ、まかせなさい」

きっとその頃には乙女心熟知度レベル６くらいになってみせるから。

そろそろ仕事に戻らないと、さすがに店長に怒られそうだな。

「じゃ、ごゆっくり」

みんなからありがたい応援の言葉を貰い、俺は仕事に戻ることにした。

あれから1時間ほどしてみんなは帰ったようだ。

みんなと話すのは楽しかったけど、働いているところを知っている人に見られるのはなんか照れくさい。

「いらっしゃいませ～」

さて、次のお客様をお出迎えだ。

自動ドアから入店してきたのは1名のお客様。

見覚えのある顔だけど、馴染(なじ)みのない頭の人物。

……髪の毛が生えてる。

「えっと……新(あらた)、一人で来たの？」

「おう」

そう一言だけ答えが返ってくる。

直接喋(しゃべ)るのは終業式以来か。

とりあえず既読スルーのように無視はされなかったからほっとした。

それにしても……あれからまたさらに太っている。顔や顎(あご)周りもそうだし、着ている服がピチピチしている。

聞きたいことがたくさんあるけど、まずは席に案内だ。

一人のお客さんの場合、混雑時以外はなるべく落ち着きやすい端っこの席に案内するのがマニュアルとなっている。

だけど新は キッチンに一番近い席がいいと言い出したため、俺は希望どおりの席に案内することに。

「はい、お冷や。もしかして新も俺の働きっぷりを見に来たの？」

「なわけあるか。立花は来てるのか？」

「立花さん？　キッチンにいるよ」

なるほどね、それで気になって様子を見にきたのか。

「キッチンに男は何人いる」

……ん？　なんだ、その質問は。

「そんなこと聞いてどうするの？」

「いいから答えろ」

「えーっと、今はピークが過ぎたから二人かな。料理長のおじさんとイケメンの大学生」

「なんだと？　ナンパされたりとかしてないだろうな」

「大学生にめっちゃナンパされてる。今日はイタリアンへのディナーに招待されてたよ」

「くそ……。いいか、そいつには立花には彼氏がいるから手を出すなって伝えとけ。あ、俺の名前は出すなよ」

なんか新……焦ってる？

余裕な態度だったあの頃とはまるで別人のような。

「彼氏がいても諦めないみたいなこと言ってたから、そんなこと言っても聞かないと思うよ」

「じゃあお前が止めろ……でも忘れるな。立花は俺の女だ。手を出したら殺す」

なんかヤバいな……ほんと、どうしちゃったんだよ。

もしかして新……俺に嘘ついてるだけで……立花さんとは別れたのか？

二人が付き合っていることを知っているのは、多分俺だけだろう。

この真相を確かめるにはもう……立花さんに直接聞くしかないいんじゃないか？

とりあえずここは新をなだめておこう。

「わかったからちょっと落ち着こう？　何か頼む？」

「オムライス」


……なんか、急に可愛く見えてきた。

【鶴】の奮闘記

「千鶴？　また佐原さんのお宅に行くんですか？」

コーヒーの香りが漂うリビングで、母が私に問いかけてきました。

私は今、トレーニング前の朝食をとっています。

痩せたいからと言って、食事を疎かにしてはいけません。綺麗に痩せるには、しっかりと筋肉の合成に必要な栄養を摂らなければならないのです。

それでも筋肉をつけながら脂肪を落とすのはとても難しいことです。なのでしっかりとした栄養管理を行い、筋肉の減少を最小限に抑えたうえで脂肪をそぎ落としていきます。

「はい、今日もお夕飯をご馳走になるかもしれません」

「そうですか……これは一度私がご挨拶に伺ったほうがいいですね」

「いえ、大丈夫です。余計なことを言いそうなので来ないでください」

「いやですねぇ……反抗期ですか？」

「違います。特にテレビで変なことを言うのは絶対にやめてください」

料理研究家——武田澪。

数々の料理番組にひっぱりだこなこの人が、私の母です。

この間のお料理コーナーはヒヤッとしました。私も途中までしか観なかったので、家に帰ってから放送中に何を言ったのか母に聞きました。

娘に好きな人ができて必死にダイエットしているとか、顔痩せ体操を変な顔をしながら必死にやっているとか、お化粧の勉強を始めたけどなんか面白い顔になっていたとか……全国放送でなんてことを言ってるんですか。本当にやめてください。

「変なことは言ってません。事実を言ったまでです」

「事実だからといってなんでも言っていいわけではありません。ご自分の影響力をよく考えてから発言してください」

「そんな大袈裟ですね」

「大袈裟ではありません。忘れたんですか？　お母さんがプライベートで料理研究家の方に料理を振る舞って『不味いと言われてしまったのが悔しかったです』とテレビで発言したら、その方が大炎上して引退に追い込まれてしまったのを」

あのときは本当に大事になってしまいました。その方のＳＮＳやお店の口コミに『澪さまの料理が不味いとかどんな糞みたいな舌してんだよ』『えらそーなこと言ってんな。お前の店の料理ゲロみたいに不味かったぞ』など批判が殺到してしまい収拾が付かず。

すぐに母がフォローするもその方は精神的に参ってしまったようで、そのままお店を畳んでしまいました。

「そんなことがありましたね。でも不味いと言われたのも、悔しかったと感じたのも本当のことですよ？」

「はぁ……不味いと言っていたのは妬みだったと謝罪していたじゃないですか。言われたことが本心だとは限らないんですから……ちゃんと見極められるようになってください」

「そうですねぇ……千鶴も来ないでと言ってますけど、本心は来てほしいと思ってるかもしれないですからね」

「もう一度いいますけど来ないでください。これは本心です」

「千鶴も言うようになりましたね。子どもの頃はあんなに可愛かったのに……でも、今の千鶴はなんか生き生きしてますね。母はなんだか嬉しいです」

「……そう、ですか」

母が言うように……目標ができて、佐原くんのおうちにお邪魔するようになって、ダイエットをするようになって。以前と比べものにならないくらい、充実感で満たされています。

母は冷蔵庫から箱を取り出し。

「じゃあ、母の代わりにこれを持っていってください」

それを受け取った私は、今日も佐原くんのおうちに伺います。

◇

「千鶴お姉ちゃんおかえり～」

「ただいま、美紀ちゃん」

冷房の効いたリビング。美紀ちゃんがソファでテレビゲームをして夏休みを満喫しています。

夏休み中、佐原くんのおうちにお邪魔するときは必ず美紀ちゃんに連絡をします。ダイエットのお披露目前に佐原くんと遭遇しないようにするためです。今日はアルバイトに向かったとのことですので、夕方まではタイガーマスクは不要のようです。

「千鶴さん、こんにちは～」

「こんにちは、あんずちゃん」

美紀ちゃんの隣にはお友達の東堂あんずちゃんが座っています。夏休みはよく遊びに来ていて、お会いする機会が増えました。

肩からカバンを降ろし、母に頼まれたものを取り出します。

「美紀ちゃん、お土産持ってきました」

「え!?　なになに？」

「ケーキですよ」

「ケーキ!?　やったぁ！」

「あんずちゃんもよかったらどうぞ」

「わーい！　ありがとうございます！」

さっそく箱を開けて中身を確認します。昨日母が作ったモンブランのホールケーキ。持ってくる途中で型崩れしなくてよかったです。

「うわぁ……綺麗……それにおいしそぉ……千鶴さん、これどこのケーキ屋さんですか？」

あんずちゃんが目をキラキラさせています。

ケーキの表面を均一に走るクリームの曲線美。お店のパティシエが作ったと勘違いしてしまうのも無理はないかもしれません。

「いいえ、母が作ったものですよ」

「えぇ～!?　千鶴さんのお母さんすごぉい！　いいな、いいなぁ。こんなケーキ毎日食べたい」

「ふふっ、毎日は食べられないですよ。ケーキは特別な日だけです」

「千鶴お姉ちゃん、早く早く～」

美紀ちゃんは我慢しきれないとばかりにぴょんぴょんと飛び跳ねています。

本当に甘いものに目がないんですね……とっても可愛いです。

少し切るのがもったいないですが、包丁を入れます。

美紀ちゃんとあんずちゃん、お父さんとお母さん、そして佐原くん。5等分に切るのは難しそうなので、一つ余ってしまいますが6等分に切り分けました。

お二人に差し出すととても美味しそうに食べています。喜んでくれたので、母には感謝しないといけませんね。

「千鶴さんは食べないんですか？」

「私はダイエット中なので、大丈夫です」

「えぇ～!?　こんな美味しいのに食べないんですか？　一つくらい食べたって大丈夫ですって。一緒に食べましょうよ」

　そうですね……では……。

　そう口から出そうになったところで、言葉を飲み込みます。

「……いえ、私は大丈夫です。あんずちゃんの言うとおり、確かにケーキを一つ食べたところできっと結果は変わらないと思います。……でも、ダメだったときに後悔したくないんです。あのとき自分に甘えたからダメだったんだって、そう思いたくないんです」

　一つくらい、一つくらい、一つくらい。

　その塵がいずれ山となることがあるかもしれません。

「凄いストイックですね……こんなに自分のために頑張ってくれているなんて知ったら、私が男の子だったら絶対好きになっちゃいます。お兄さんが羨ましいです」

　あんずちゃんには、佐原くんをびっくりさせたいからダイエットをしていると伝えています。

　だから私のモチベーションが上がるような言葉を、あんずちゃんは投げかけてくれました。

　でも、それだけじゃダメなんです。今までずっと、あまり考えないようにしていたことが頭をよぎり、つい声に出してしまいます。

「でも……佐原くんが異性として私を好きになってくれることはないかもしれません。だって……」

私はもう、知っているのです。

「佐原くんにはほかに……好きな女の子がいますから……」

初めて立花さんと会話する佐原くんを見たとき、気づいてしまいました。

佐原くんは隠しているつもりなのかもしれませんが……バレバレですよ。

あんずちゃんは渋い顔を見せます。

「お兄さんも罪な人ですね……ねぇみっきー、お兄さんのタイプってどんな人なの？」

「お兄ちゃんのタイプ？　そうだなぁ……私がずーっと前に聞いたのは、黒髪で、髪が長くて、清楚で、おっぱいがおっきくて……あと1個なんだったけ」

美紀ちゃんは指で四つ数えます。

それ以上はもう、聞きたくないと思ってしまいました。私がいくら頑張ったところで……そう、思ってしまいますから。

少し伏し目がちになった私に、美紀ちゃんはこう言います。

「ねえ千鶴お姉ちゃん……想いっていうのはね？　ずっ、ずっと同じじゃ、じゃないいんだ、だよ？」

「……え？」

「好きだったものが嫌いになったり、嫌いだったものが好きになったり。人は好みが移り変わる生き物なんだよ。例えばこの世界一美味しいモンブランも、毎日毎日ずっと食べ続けたら世界で二番目に美味しいモンブランと感じるようになるかもしれないし、場合によっては嫌いに変わるかもしれない」

美紀ちゃんはフォークですくったモンブランを口へと運びます。

そして、またモンブランをすくい、

「このモンブランは『嫌いにならないで』と引き止めることもできないし、違う味にだって変わることもできない。でも、私たちにはそれができるんだよ」

『人の気持ちはずっと同じじゃない。だから、好きに変えることだってできる』

気落ちする私に、美紀ちゃんはそう伝えてきました。

それから、発破をかけてきます。

「だからこそ、頑張らないとダメなんだよ？　相手だって同じことをしてくるんだから」

『人の気持ちはずっと同じじゃない。だからずっと好きでいてくれるように努力する。誰かの変えたい想いと、誰かの変えたくない想いがぶつかり合うことだってある』

まるで、今の私と立花さんのことを指しているみたいです。

なんだかとっても――やる気が出てきました。

「美紀ちゃん、夏休み中に佐原くんと距離を縮める方法はありますか？」

バイト先の綺麗なお姉さんが佐原くんにちょっかいを出し始めたと、プリン対決をしているときに立花さんから愚痴を聞きました。

それに立花さんも……バイト先で佐原くんと仲を深めているかもしれません。

私も何か、できることをやっておきたいのです。

「うーん、千鶴お姉ちゃんお外でデートできないしなぁ……あっ!?　そうだ――」


――美紀ちゃんから、とっておきのアイデアをいただきました。

頑張って、あとで実践したいと思います。

その前に……まずは。

「美紀ちゃん、私はトレーニングにいきますね」

「うん、いってらっしゃーい」

「あー!?　みっきーのアドバイスに聞き入ってたら、いつの間にかモンブラン2個目食べてる!?」

「あんちゃん気のせいだよ。もともとこのケーキは5等分だったでしょ？」

「嘘だぁ！　半分！　半分ちょうだい？」

　相変わらず、お二人はとっても仲良しです。

「はい1」

「ふにゅ」

「はい2」

「ふにゅ」

「はい3」

「ふにゅ」

　今日は佐原くんのお父さんと背中のトレーニングです。

　ベントオーバーバーローイング――中腰でバーベルを引く運動で、背中を引き締めるためのトレーニングです。

　このトレーニングは広背筋を意識して行うことが重要です。効かせたい対象の筋肉を明確にイメージするだけで、トレーニングの効果が高まるそうです。

初心者にはフォームが難しく腰を痛めやすいとのことですので、軽い重量で丁寧に決められた回数を行います。

「――はい20」

「ふにゅ～」

「はいオッケー、レスト3分ね～」

じわじわと汗が出てきました。タオルで拭い、ベンチに腰を下ろして水分補給です。

「今日もいい感じだね。あともう少し頑張って」

「はい、ありがとうございます」

こうしてお父さんは毎回褒めてくれます。だから今日も、途中でめげずに頑張れています。

……そういえば、ずっと気になっていることがありました。

「お父さんは……どうしてトレーニングをするようになったんですか？」

「……気になる？」

「はい、とっても気になります」

私のように、何かきっかけがあったのではないかと……。

お父さんは部屋の隅にある棚から1枚の写真を手に取り、私に差し出してきました。

「これ、大学時代の俺だよ」

「……え？　ええっ⁉」

背景は海水浴場。上半身裸で暗い顔をしている男の子が一人。

ガリガリにやせ細ったその体は、あばらが浮き出てしまっています。

まるで別人、今のお父さんからは想像ができないほどかけ離れていました。

お父さんは私の隣に腰掛け、私の手から写真を優しく抜き取り……懐かしそうにそれを見つめます。

「この頃……かなえにはほかに恋人がいたんだよ」

「……え」

かなえ、佐原くんのお母さんのことです。

「かなえと初めて出会ったのは大学1年のときのサークル勧誘会だった。一目惚れだったよ、こんな綺麗な人がいるのかって。気味が悪いかもしれないけど……かなえの後を追ってたら、気づいたら全く興味がないサークルにかなえと入ってた。そのあとに知ったよ、かなえには高校生のときから付き合ってる彼氏がいるって」

好きになった人には、既にお付き合いしている人がいる。

私はつい、少しだけ重なる自分の状況と合わせてしまい……わかりきったことを聞いてしまいます。

「辛く……なかったんですか？」

「それは辛かったよ。自分の好きな人はほかの男が好きで、休日はデートして、旅行に行ったり楽しそうにしているであろう姿を想像するのは。それで心が荒んでくると、手を繋いでる姿とか、キスしてる姿とか……それ以上のことが頭をよぎって、ときどき死にたくなる」

普段のポジティブなお父さんからは絶対に出ない、とてもネガティブな考え方。まるで写真の中のお父さんに戻ったみたいです。

「それでも……ずっと、好きなままだった。困ったことに話してるともっと好きになるんだよ。もしも自分が変わったら振り向いてもらえるんじゃないかと思って……それが筋トレするきっかけになったんだ」

私と、そっくりです。自分自身のお話を聞かされているみたいです。

それからその先は――自分の辿る未来だと思いながら、お父さんのお話に耳を傾けます。

「本当に不思議なことに、体が変わると心も変わるんだよ。考え方が変わって、行動が変わって、自分に自信が持てるようになって。それがあったから……」

お父さんは立ち上がり、写真を戻して弱かった頃の自分を思い出にしまい、

「今、かなえは俺の隣にいてくれて……大切な、家族になったんだよ」

お父さんは優しい顔で微笑みました。

それが叶うまで、とてつもない努力をしてきたのでしょう。

私も、私もいつか――。

「お父さん……トレーニングの続き、よろしくお願いします」

「よし、じゃあ……気合入れていこうか」

「師匠、お味はどうですか？」

「はい、とても美味(おい)しいです」

湯気が立つ鍋の前。キッチンで出来上がったスープの味見をした私は、素直な感想を述べます。

お母さんは嬉(うれ)しそうに小さくガッツポーズをしました。

「お肉はもう入れちゃっていいんですか？」

「あ、鴨(かも)肉は火が通り過ぎるとかたくなってしまうので、食べる直前に入れましょう。少し残して低温でしゃぶしゃぶにしてもいいかもしれません」

「なるほど……鶏肉とは違うんですね」

「そうですね。お肉はそれぞれ特性が違ううえに、調理方法も合わせて考えなければならないので……難しいですよね」

お母さんは聞いたことを忘れまいと、さっそくメモを取っています。

今日も一生懸命です。

トタトタと足音を立てながら、美紀（みき）ちゃんがキッチンにやってきました。

「今日のご飯は～、なんですかぁ」

アントニオ猪〇さんみたいな喋（しゃべ）り方です。

「今日は鴨鍋です。低カロリーのお肉なので減量中のお父さんも一緒に食べられますよ」

「千鶴（ちづる）お姉ちゃんも食べられる？」

「はい、大丈夫ですよ」

「わ～い！」

「美紀、手を洗ってきなさい」

「は～い」

美紀ちゃんは洗面所へと向かいます。

そろそろ、佐原（さはら）くんがアルバイトを終えて帰宅する頃合いです。

「お母さん、着替えてきますね」

そう伝えると、お母さんは私の体をジッと観察してきます。

……なんでしょうか。

「師匠……痩（や）せましたね。もうそろそろ、いいんじゃないですか？」

言われて自分の腹部に向けて顔を下げます。最近、服が緩くなってきているのには気づいてはいたのですが、ほかの人からも変化がわかるくらいになっているようです。

ですが……。

「あと少し……顔のお肉が落ちるまで頑張ろうと思います」

「そうですか……師匠、私に何かできることはありますか？」

そんな提案をされます。きっと、お料理のお返しなのだと思います。

いつもの私なら、そんなのはいらないと、お断りしているところです。

でも一つだけ、お母さんにしか頼めないことがあるのです。

「それじゃあ、お母さん――」

もう少しだけ、あと、もう少しだけ――。

第五章　佐原家、開かずの間

鴨って、どんな鳴き声だっけ。

そんな疑問を抱きながら、俺は晩飯の席についた。

その理由は、今日は鴨鍋がメイン料理だからである。サブは刺身に湯豆腐、焼き魚。

どっかの旅館みたいな食事だ。

ありがたく、今日もいただくとしよう。

鴨肉は歯切れがよく、鴨の濃い味わいが口いっぱいに広がってゆく。

だけどまったく臭みがなくてめちゃ美味い。

適切な肉の下処理をしていないとこうはならないだろう。

うーん、さすがとしかいいようがない。

「葉、バイトの調子はどうだ？」

向かいの席から、大口で鴨肉を頬張る父さんが俺の近況を確認してくる。

減量モードの父さんは武田さんがうちに来る前までは、鶏肉とブロッコリーばっかり食べてた。

前は減量末期になると「食事は作業」とか言い出して困ってたけど、最近は減量中でも食の喜びに目覚めたようである。

「いい感じだよ。ちょっとずつ慣れてきたから続けられそう」

「そうか、じゃあ小遣いはもういらないな」

とうとうこのセリフが出てしまった。バイトをするときになんとなく覚悟していたことではあるんだけど……仕方ないだろう。

これも親離れの第一歩だと思えば……。

「ぐ……ぐぅ、ぐぅん」

「はっきりと返事をしないか」

つい名残惜しさが出てしまった。

「はい……いりません」

「よし、じゃあ葉の小遣いは千鶴さま行きだな」

「え⁉」

武田さんは突然名前を呼ばれてびっくりしている。俺もびっくりしている。

「あの、私は大丈夫です。お金なんてもらえないです」

「千鶴さま、遠慮しなくていい。巷では女子高生に小遣いをあげるパパ活なるものが流行ってるそうじゃないか」

「それ、父さんの中での解釈が盛大に間違ってるから」

本来の意味で、母さんの目の前でパパ活するとか言ってたら今頃締め上げられてるからね。

「私も母からお小遣いをもらっているので大丈夫です。可能でしたら私ではなく美紀ちゃんのお小遣いを増やしていただければ……」

「!? 千鶴お姉ちゃん大好き！ 私の嫁！」

「むぅ……小遣いの金額設定というのは難しいものでな。あまり上げ過ぎても金銭感覚が身につかないから子どもにとってよくないだろうし」

「お父さんおねがーい！ 上げてくれないと私もパパ活しなきゃいけなくなっちゃうよぉ」

妹よ、親に何言ってるんだ。

この流れだからいいけど、そうじゃなかったら正座でお説教タイムだからね。

「じゃあ300円アップでどうだ」

「少ない！ 千円！」

「それは多すぎる、350円だ」

なにこのオークション形式。父さん、50円刻みはせこいよ。

「800円！」

「なら400円、十分だろう」

「500円！ ワンコインできりがいい」

「むぅ……仕方ない、じゃあ次回から500円アップだ」

「やたー！　バンザーイ！」

こうして俺の3千円は５００円に形を変えて美紀に支給されることになった。

「葉(よう)はお給料が入ったら何を買うの？」

母さんが俺に尋ねる。

バイトをした目的はデート代とおしゃれ代だ。

だが初給料は親に何か買ってあげるべきか。

「とりあえず服かな。母さんと父さんは何か欲しいものある？」

「変な気を遣わないの。学生のうちは全部自分のために使いなさい」

父さんも同意するようにコクコクと頷(うなず)く。

「はいはーい！　私はもっこりプリン道(どう)のプリン！」

美紀には訊(き)いてないのだが……。

まぁいい、確か1個４００円くらいだったか。

「あ、6個入りのセットね」

おい、それじゃあ送料込みで3千円するじゃないか。

この間の千円(英世)強奪事件の3倍の被害額だぞ。

「せめて2個で我慢しない？」

「あぁ、楽しみだなぁ……」

ダメだ、プリンの妄想に浸ってて全然人の話を聞いてないぞ。

「武田(たけだ)さんは？」

「え、私ですか？」

「うん、できればお金で買えるもので」

お金で買えないバイトみたいな社会経験はあげられないからね。

まぁ武田さんの性格を考えると、さっきのお小遣いみたいに断ってくるのだろう。

そう思っていたのだが……。

「では……水族館のチケットが欲しいです」

「水族館のチケット？」

「はい、できたら、その……ペ……」

「ペ？」

「ペ……ペアチケットで……お願いします……」

ペアチケットか……5、6千円あれば買えるかな？

ちょっと高いけど、武田さんだしいいか。

ようやく形としてちゃんとお礼ができそうだし。

「りょーかい。コンビニで買えるやつで大丈夫？」

「はい……大丈夫です」

　初給料で買うべきものが決まった。

　ちょっと早いけど、あとで店長に週払いで支給をお願いしよう。

　今日の晩飯も最高だった。結局鴨の鳴き声が思い出せないまま、しゃぶしゃぶまで堪能してしまったよ。

　そのまますぐに風呂場へと直行。

　鏡を見ながらゴシゴシと髪の毛を洗う。

　そういえばまだ新と仲がよかった頃、髪の毛はゴシゴシ洗ったらダメだって言われたな。優しくマッサージするように洗うといいんだとか言ってたけど……それだと洗った気がしないんだよなぁ。

　シャワーで泡を流した。

　最近、ちょっと髪の毛が伸びてきたかも。

　バイト代が入ったら、千円カットじゃなくて美容室にでも行こうかな。

　文也がなんとかペッパーでネット予約できるとか言ってたし、あとで見てみよ。

「ふぅ……」

体を洗い終え、湯舟に浸かると漏れ出る声。

労働のあとの風呂はいつにも増して格別である。

持ち込んだスマホで夏休み中の残りのシフトを確認しておこう。

「1、2、3、4、5……あと6日か」

さすがに夏休みの終わりギリギリまでバイトをやっていると宿題が間に合わなくなりそうだから、終盤の予定は空けておいた。

あれ、俺……当初のバイトの目的、忘れてないか？

立花さんをデートに誘う。

これが一番のビッグイベントだったはずなのに。

そう思ったが、この間の新の様子を思い出す。

新には以前、立花さんをバーベキューに誘う前『立花さんと親密な関係になってもいい』という許しを一度もらったはず。それなのに今度は『手を出すな』と言ってきた。

この場合は後者が優先されるべきなのか。

最近、新がファミレスに入り浸っているのも不自然だ。普通に宿題やってるみたいだけど……毎回キッチン近くの席を占領している。

恋愛慣れしている新でも、そんなに立花さんのことが気になるのかな……俺も気になるから人のこと言えないか。

——よし、決めた。今度立花さんをデートに誘おう。

そこで全て、白黒はっきりつけてやる。

風呂から上がると少しだけ眠気が襲ってくる。

さすがに疲れたかも。

ちょっと早いけど寝ようかな。

廊下を歩きながら自室に向かっていると、虎が目の前を遮る。

「うわぁっ！」

思いがけないエンカウントである。変な声が出たよ。

「びっくりしたぁ……武田（たけだ）さんまだ帰ってなかったの？」

「ご、ごめんなさい……」

そう言って謝罪するも、次の言葉、帰らない理由がなかなか出てこない。

なんだか様子がおかしい。

「どうしたの？」

「あ、あの……佐原くん、映画はお好きですか？」

「映画？　うん、好きだよ？」

「じゃ、じゃあ、今から映画、観ませんか？」

今からと言ってももう20時だ。

映画館でナイトショーを観に行くという意味ではないだろう。リビングのテレビなら母さんのサブスクで映画観放題だし。

「いいよ。ハマプラで面白いのあるかなぁ」

俺がリビングに向かおうとすると――グイッと服の裾を武田さんに引っ張られる。

「こ、こっちです」

そのまま家の中を歩かされる。そしてある部屋の前――廊下から死角になっているところで立ち止まった。

「え、ここって……母さんの部屋だよね？」

通称、佐原家の開かずの間。

正確には母さんと父さんしか立ち入りが許されていない、秘密の部屋。

この家に引っ越してきて約5か月。唯一室内がどうなっているのかわからない正体不明の部屋である。

「武田さん、ここはまずいよ。武田さんは大丈夫かもしれないけど……俺は母さんにバレたら吊し上げられるかもしれない」

「……大丈夫です。お母さんには特別に許可をいただきました」

「え……ほんとに？」

「はい、本当です」

俺は覗くだけでもダメって父さんに言われてたのに……。

武田さんはドアに手をかけると、手前にゆっくりと引き始める。

いったい、室内には何が……。

期待に胸を膨らませ、目を見開く。俺の目の前に広がったのは——。

「……え」

ドアである。ドアを開けたら、またドア。

なんだ……これは？

ヘンテコな構造に困惑する。

武田さんは現れたドアに手をかけ、今度はさっきとは逆のほう、奥へゆっくりと押してゆく——。

暖色の間接照明が室内を照らす。

隙間なく敷き詰められたダマスク織のカーペット。

モダンな雰囲気に包まれた空間には、大きなスクリーンとスピーカー。その正面には革張りの二人掛けソファがちょこんと一つだけ。

後方にはドリンクバーとポップコーンマシンが設置されており、見ているだけでワクワクが止まらない。

つまり、この部屋は……。

「え、え、え〜っ!? な、何この部屋!? すごっ!? 映画館じゃん！」

驚き過ぎてあんぐりと口が開く。

ホームシアターにしてはクオリティが高過ぎる。

部屋のドアが2枚あったのは防音のためだったのか……。

「ここで映画を観ましょう。ポップコーンは出来立てなのでよかったらどうぞ」

「マジで……最高だよ。ダイエットポプシある？」

「はい、ご用意してますよ」

ドリンクバーはメンテナンスが簡単なディスペンサーが三つ。

コーラ、オレンジジュース、ウーロン茶が充填(じゅうてん)されている。映画館でよく使われる縦縞模様の紙コップを手に取り、コーラが入っているコックをひねる。

しゅわしゅわと泡立つコーラに注意しながら八分目まで注いだ。紙コップから伝わるひんやりとした感覚。よく冷えているから用意してくれたのはついさっきのことだろう。

「すご……なんで母さん黙ってたんだ。俺だったら毎日映画観に来ちゃうよ」

「だから、だと思います」

ダイエット中の武田さんはウーロン茶をチョイスして紙コップに注いだ。

何か母さんから聞いているのだろうか。

「ここは……お父さんがお母さんのために作ったお部屋なのだそうです」

武田さんはドリンクを置き、ポップコーンをカップに盛り始める。

「子どもを産んで、子育てをして、お仕事をして……慌ただしい日々が嫌になって、お母さんをするのが少し疲れてしまったときに来る場所なのだそうです。少しの時間だけでも、ただのかなえさんに戻れる場所を作ってあげたいって」

……なるほど。どうりで俺が入っちゃいけないわけだ。

さすがは父さんだな。やることが粋で大胆過ぎるよ。

それにしても……。

「よくそんなところ貸してくれたね……武田さんが恐ろしいよ」

「私もお願いするまではお部屋ができた経緯を知らなくて……。さすがに申し訳なくて一度はお断りしたのですが……逆に使ってくれないと嫌だって、子どもみたいに駄々をこねられてしまいました」

武田さんは思い出したかのように口元を緩めた。

　これは相当ごねたな。母さん、武田さんにお礼がしたいってずっと前から言ってたし。

　武田さんからポップコーンを受け取り、部屋の中央のソファに腰掛ける。右の肘置きにはくぼみがあり、そこにコーラとポップコーンをすっぽりと嵌めた。

　武田さんも俺の後に続いて左隣に座る。

　まだ何も映っていないスクリーンを眺めるだけでも、すごい迫力が伝わってくる。いったいこの部屋、いくら金かけたんだろう。

　多分父さんに聞いたら冗談でこう答えるな。

　愛の大きさと同じくらいって。

「何観るか決まってる？」

「はい、ちょっと待ってくださいね」

　武田さんがスマホを操作すると、スクリーンに動画配信サイトの画面が表示された。

　お気に入り画面にはコンテンツが1件。

「『光の先に。旅立つ君へ』という映画なのですが……観たことはありますか？」

「ううん、観たことない」

「あらすじは──」

「あっ、ちょっと待って。俺、観ることがもう確定してるときはあらすじ知らないでおきたいんだよね」

なるべくネタバレなし、先入観なしで観たい。

「そうなんですね。それでは、再生しますね」

「うん、ちなみに武田さんは映画館で映画を観るとき、隣の人がポップコーンを食べてても気にならないタイプ？」

「気にしたことないので……多分気にならないと思います」

「それはよかった。気になる人がいるって知ってから、ポップコーンを口に含むタイミングばっかり気を取られて映画に集中できないときがあるんだよね」

「そうなんですか？」

「うん、武田さんはやらない？　爆発のシーンで音が大きくなったとき、口いっぱいにポップコーンを頬張ったりとか」

「ふふふ……そんなことしてるんですか。私は映画館でポップコーンを食べないので」

「前提条件が違うじゃないの」

「お気を遣わずに、お好きなタイミングで食べてください」

「うん、最初からそのつもりだった」

くすりくすりと、室内に二人だけの笑い声が生まれる。

武田さんがソファについているダイヤルを回すと、照明が徐々に暗くなっていく。

穏やかな空気の中……スクリーンにプロローグが映し出された――。

――映画が始まってから1時間半が経った。

物語はクライマックスへと続く予兆を見せ始めている。

今観たところまでのあらすじはこうだ。

子どもの頃に訪れた映画館。スクリーンの中で輝く女優に憧れ、自分もいつかと夢を追い続ける内気な少女、早乙女光がこの物語の主人公。

高校生になり、電車で痴漢されていたところを男子高校生の木崎に助けられ恋に落ちる。その後恋仲となり、二人の関係はどんどん親密になってゆき……。

大学生になった光。女優の夢も順当に進み、憧れだった監督の映画で主演が決まった頃――所属する事務所に木崎との関係を知られてしまい、別れるよう言い渡されることに……。

女優を続けたいという夢と、木崎と一緒にいたいという想い。二つの葛藤がぶつかる中、光の夢を応援したい気持ちから、木崎は「ほかに好きな人ができた」と嘘をついて別れるという選択を選ぶ。

お互いを想う気持ちは本物なのに……それでもすれ違ってしまう二人。

そんな木崎の想いに光は気づけず、傷心しているところに監督から体の関係を迫るメッセージが届く。芸能界の重鎮でもある監督の誘いを断れば……今後女優として活動することが難しくなってしまう。

大好きだった木崎を失った今、女優の夢さえも断たされようとしている。

果たして光が取る選択は、この物語は……いったいどういう結末を迎えるのだろうか――。

と、展開がめちゃくちゃ気になるところで問題が発生する。

人間の三大欲求を知っているだろうか。

食欲、今日は鴨をいっぱい食べた。これは問題ない。

性欲、エッチなシーンはないからそんな気分ではない。

残るは一つ、睡眠欲――そう、眠すぎる問題。

仕事で疲れたあとに風呂に入ったのはまずかったかもしれない。それにフカフカのソファとちょうどいい感じの照明が、余計なことに入眠へのアシストを加えてくる。

映画を観るのがわかっていたら、風呂はあとにしたのに……。

やばい、あくびが……。

「ふ……ふぁ、あ……あぅ」

今いいシーンだから、武田さんの気が散らないようバレないように我慢する。

しかし次の瞬間、女優の顔が動かなくなった。

どうやら武田さんが一時停止をしたようである。

「佐原くん……ね、眠いんですか？」

「ごめん……映画がつまらないとかじゃないんだ。続きが気になるから早く観よ」

「そ、そうですね……」

返事をするも一向に画面が動かない。

俯いている武田さん。薄暗いうえにタイガーマスクだから表情は窺えない。

どうしたんだろう……もしかして、武田さんも眠いのかな。

そう思っていると、まさかの的中。

「私も……少し、眠いので………だから、その……」

詰まりながら話す武田さんに耳を傾け、黙って次の言葉を待つ。

「手……手を、繋ぎませんか?」

「……手?」

「あ、あのっ、違うんです！　手を繋ぐと交感神経が刺激されて眠気が覚めるって聞いたことがあったのでどうかなって思っただけなんです！」

ぶんぶんと手を振り回し、早口で言ってくる。

そうか、そういうことならと……俺は左の肘掛けに手のひらを上に向けて置く。

「はい、どうぞ」

「あ、ありがとうございます……」

ゆっくりと、動物を撫でるときみたいに手を伸ばし……武田さんは俺の手に右手を重ねた。

その手を優しく包む。

武田さんの肩が少し上がる。

すーっと、息を吸い込む小さな音。

ちゃんと眠気、飛んだかな。

なんか、前に握ったときとは感触が違う。あのとき、武田さんを馬鹿にする新(あら)から遠ざけたときは左手だったからかな。

「武田さん、なんか手がプニプニじゃなくなってる」

「へ、変なこと言わないでください！」

怒られてしまった。

武田さんの眠気が飛んだところで、止まっていたスクリーンの女優が動き出す。

……あったか～い。

武田さんの体温……すごく、気持ちよくて、落ち着く。

眠気が、覚めるなんて……きっと、間違った情報なんじゃ、ないだろうか――。

「――くん、佐原くん」

はっと、目を覚ます。

俺の左肩を揺する武田さん。

室内はさっきより明るくなっていて、スクリーンはなんの面白味もない白一色に染まっている。

やっ、やってしまった……。

「武田さん……ほんとごめん」

「いえ、いいんです。お疲れだったと思うので……」

繋いでいた手はもう離れていた。

結局、結末はどうなったんだ……。

「武田さん、悪いんだけどまたさっきの続きから一緒に観ない？　気になって眠れなくなりそう」

多分、映画の残りは30分くらい。

やらかした反動で一気に目が覚めたし、今度は大丈夫だから。

「……すみません。もう帰ります……続きはお一人でお願いします」

なんか……目がちょっと変、悲しそう……？

武田さんはドアのほうに一人でそそくさと歩いてゆく。

そして途中で立ち止まる。

タイガーマスク、微かに揺れ動くマントの後ろ姿。

「佐原くん、やっぱり……」

虎は顔だけ振り返り、

「その映画の続きはもう、観ないでください」


その言葉を言い残していく。

あの温厚な武田さんを本気で怒らせてしまった。

完全にやらかした。


今日はもう、一睡もできないかもしれない……。

【鶴】のお見送り

「千鶴さま、映画は楽しめたかな？」

お父さんは前を見ながら、助手席にいる私に映画の感想を聞いてきました。

時刻は22時を過ぎ、マスクを外した私はお父さんに車で家まで送ってもらっています。

「はい、とてもすてきな映画でした。マスクをかぶっていなかったら……泣き顔を佐原くんに見られていたかもしれません」

先ほど観た映画はお父さんからのおすすめで、一番好きな作品なのだそうです。

大学生のとき、迷ったりくじけそうになったら何度も観ていたとおっしゃっていました。

その意味が、わかりました。

本当に、本当に……すてきな映画でした。

「それはよかった。でも葉は途中で寝てなかったか？」

「……はい、寝てしまいました」

「ったく、あの馬鹿は」

「あっ、いいんです。わかっていたので」

「ん？　どういう意味？」

「いえ、なんでもないです」

佐原くんがお風呂上がりに眠そうにしていたのには、気づいていました。

お仕事で疲れて、お風呂に入ったら眠くなるのも。

だから、映画に誘ったのです。

佐原くんのことだから頑張って起きていようとしてくれますが、途中で極度の眠気が襲ってくることでしょう。

そのとき、自然と手を繋ぐことができるかもしれません。

結局全て、美紀ちゃんの作戦どおりになりました。

寝落ちしてしまう予想まで含めて……。

これは佐原くんのことを熟知していないとできない芸当ですね。

赤信号。優しく優しく、お父さんはブレーキをかけます。

止まったときの振動がわからないほどに。

お父さんは優しい顔でこちらを見てきます。

「千鶴さま、葉は頼りないところがあるかもしれないけど……これからも仲良くしてやってくれ」

「はい、もちろんです」

私も笑顔で答えます。

青信号。お父さんはブレーキを緩め、ゆっくりとアクセルを踏み込んでいきます。

滑るように、たくさんの街灯を通り過ぎながら、夜道を走っていきます。

とても、いい気分です……気持ちが乗って、

「お父さん……私も……私も……」

こんなことを訊いてしまいました。

「光さんのように、変わることができるでしょうか」

あの映画を最後まで観た人にしか、理解できない質問です。

お父さんは迷いなく言いました。

「千鶴さまは――」

きっと、もう――弱い自分には、戻れないかもしれません。

第六章　乙女心熟知度レベルアップ？

『なごみ』のスタッフルーム。

仕事のピークを終え、しばしの休憩を取っている。

「ふあぁ〜〜〜〜〜〜〜〜〜〜あ……」

人生で最長のあくびが出たかもしれない。

仕事中は体を動かしていたこともあって大丈夫だったけど、突如としてまた眠気はやってくる。

眠気くん、頼むから家に帰るまでどっか行っててくれないか。

今バイト中だからさ、頼むよ。

テーブルに顔を上げながら突っ伏す。多分顔を下げたら眠ってしまって起きれなくなりそうだから。

「お疲れ様。夜更かしでもしたのかな？」

柊さんが向かいの席から、俺と同じポーズをして話しかけてくる。

とりあえず、頬をクリクリするのはやめてくれないかな。

くすぐったい。

「映画の続きが気になって眠れませんでした」

「映画？　なんの映画を観たの？」

「『光の先に。旅立つ君へ』という映画です」

「あぁ〜、すごい古い映画だけど名作だよね。なんで最後まで観なかったの？」

「あったかくて、気持ちよくて……鑑賞中に寝てしまいました」

「今真夏だし、結局寝たのか寝てないのかわからないんだけど……いったい君は何をしていたのかな？」

　クリクリがグリグリに変わる。

　ちょっと痛い。

「柊さんは映画の結末、知ってますか？」

「うん、知ってるよ？　教えてあげよっか？」

「……いや、いいです。知ってしまったら余計に罪悪感が増えそうですから。俺は一生、このオチを知らないまま残りの人生を歩んでいきます」

「帰ったら続きを観ればいいのに。ちなみにどこまで観たの？」

「監督から『ホテルに来い』ってメールが届いた辺りです」

「そこで寝れるって……佐原くん、逆にすごいね」

　グリグリがツンツンに変わる。

ツメ、刺さってるんですけど。

「柊さん……今日も乙女心授業、お願いしていいですか？」

「いいよ？」

「例えばですよ？　一生に一度、二人で2時間しか入れないすてきな場所があったとして……そこで男の人は途中で寝てしまいました。このときの女の子の心情はどんな感じですか？」

「うーん、前提条件として関係性が全くわからないんだけど……女の子にとっては嫌だろうねぇ」

「ですよねぇ……」

ツンツンがペチペチに変わる。

これ、軽くビンタでは？

「それは佐原くんのお話かな？」

「例えばって言ったじゃないですか。それで謝ったけど、怒って帰ってしまった女の子に許してもらうには……男の子はどうしたらいいと思います？」

「そうだねぇ……」

ペチペチをやめた柊さんは人差し指を唇に当てて思案中。

数秒の後、柊さんが考えついた答えを述べる。

「まずはメッセージとかじゃなくて、直接会いに行って謝ることだね。自分のためにわざわざ来てくれたら、許してあげようかなって気持ちに変わるかも。それで仲直りのプレゼントなんか持ってきてくれて、自分が一番欲しいものだったりなんかしたら……私だったら許しちゃうなぁ」

会いに行って、プレゼントを渡す。

武田さん、今日は筋トレの休養日だからうちには来ないはず。

俺は武田さんの家に行ったことないけど、父さんに連絡すれば住所を教えてくれるかも。

問題はプレゼントって何持っていけば……あっ⁉

一つあったじゃないか、絶対に喜んでもらえるものが。

もうこれしかない、やるしかない。

だが、厄介な問題が一つある。

どうすれば……どうすればいいんだ。

そこに、今一番来てほしいと望んでいたあの人がやってくる。

そう——店長である。

「ふぅ、疲れた〜」

「お疲れ様です。店長、給料の週払いをお願いしたいんですけど……いつになります？」

「ん〜、ちょうど締め日が今日だから……今から申請すると三日後だねぇ」

やっぱりそうなるか。この地獄を俺は三日間も耐えなければならないのか。

「なんとかなりませんかね？　1万円、いや5千円だけでも」

5千円あれば手持ちと合わせてなんとかいける。

「う〜ん、働いた分の前借りは非常時だったらできるんだけど……多分違うでしょ？」

「めっちゃ非常時です」

「多分佐原くんの思う非常時とは考え方が違うかな。例えば病気とか、災害でどうしても必要だってときとかね」

うぅ……やっぱり無理だったか。

なんか、いい方法はないのか？

一休さんの考えるポーズを取ればなんとかなるかもしれない。

ポクポクポクポクポク……。

「懐かしい、そのポーズ……どうしてもっていうなら、5千円くらいなら個人的に貸してあげてもいいけど……」

店長はそう申し出てくれる。

ありがたい、これで解決だ。と言いたいところだが、そういうことではないのだ。

バイトを始めて約2週間。

働くことの大変さ、お金の大切さを学び、10日間ほど小悪魔先生のレッスンを受け、最近乙女心熟知度がレベル3になった今の俺にはわかる。

「ありがとうございます。でも借りたお金じゃダメなんですよね……ちゃんとした自分のお金じゃないと意味がないんですよ」

　借金して買ったプレゼントだと知ったら……余計に怒らせることになるかもしれない。

　もうダメだ。

　そう思っていると、

「ピロリロリン！　佐原くんのレベルが４に上がりました」

　柊さんが口で出した疑似効果音とともに、レベルアップを知らせてくる。

　やったぁ！　って、それどころじゃないんだけど……。

「柊さん、嬉しいけどちょっと後にしてもらえます？」

「あー、そんなこと言っていいのかな？　せっかくご褒美をあげようと思ってたのに」

　そういえば、レベル４になったら何かくれるって言ってたな。

　いったい何が貰えるんだ？

　今は役立つものならなんでもいい。

「すみませんでした。ぜひご褒美をくださいませ」

「よろしいでしょう。では私から特別に、ご褒美として今困っていることを解決できるかもしれない手助けをしてあげよう。店長、すみませんが内線で副店長呼んでもらえます？　一応業務に関わることですので」

「よくわからないけど……とりあえず呼べばいいのね？」

店長が内線をかけると、1分後に副店長が現れる。

柊さん、いったい何をする気なんだ。

「わざわざ呼び出してすみません。副店長、シフト管理してたと思うんですけど……前の店長のせいで人員不足って言ってましたよね？　確か8月の最終日、出てくれる学生が少なくて困ってて、フルタイムで出てくれた子には特別金を現金支給するって」

「うん、そうなの……まだアルバイトに慣れてない子が多くて、次の日は平日で学校だから8時間はきついって。本社に相談したら、他店からヘルプを頼むと交通費やら出張手当が嵩むから、できれば特別金の支給でなんとかしてくれないかって」

「その特別金の支給、出勤することを約束しますので、今日に振り替えることってできませんか？」

「え、どうなんだろう……ちょっと無理かなぁ。いや、うーん……一度本社に確認してみないと……」

「佐原くん、もし振り替えができたとしたら……どうする？　確か佐原くんも夏休みの最終日だし、いつもより勤務時間が長いから大変かもしれないけど」

最終日でも勤務時間が何時間でも問題ない。

重要なのはこの一点。

「副店長……特別金っておいくらですか？」

「5千円だよ」

「いいいやりまぁ～す!!」

俺の歓喜の返事を聞き、すぐに副店長が本社に電話で確認する。

最終日にちゃんと出ること。

出なかった、出られなかった場合の対処がしっかりとできるならという条件付きで特別に許可が下りる。

「はい、5千円ね。受領書にサインしてね」

こうして俺の手元に5千円が入ってくる。

あぁ、紛(まぎ)れもない五千円(一葉)さま。

「柊さん、ありがとうございます。マジで助かりました」

「どういたしまして。ところで佐原くん、その女の子は佐原くんの彼女かな？」

「違いますよ。妹の嫁です」

「そうやって……また変なこと言うんだから」

これでプレゼント代は確保できた。

父さんにメッセージを送ってから、スマホをロッカーにしまう。

今日のバイトはあと2時間。

眠気が覚めてきたし、あと少し頑張ろう。

バイトを終え、プレゼントを買ってから武田(たけだ)さんの家に向かう。

ジメジメとした夏の炎天下での歩きはさすがにきつい。

一旦(いったん)家に帰ってから自転車で向かったほうが絶対に早かったな……。後悔した頃にはもう引き返せない距離まで歩いてしまった。

たらりたらりと、汗を流しながら目的地に到着。

バイト先から徒歩で20分、うちからだと25分くらいのところにある平屋の一戸建て。

おしゃれで和を感じさせる木造の外観は、訪れた人の目を楽しませてくれる。

武田さんが初めてうちに来たとき驚いてたけど……武田さんの家もなかなかだな。

うちみたいな外観のデカさのインパクトはないけど、細部のデザインまでこだわっているのがわかる。

インターホンを押して待つ。10秒ほどすると女性の声が聞こえてきた。

『はい～』

「すみません、佐原(さはら)と言いますが……たけ、じゃない、千鶴(ちづる)さんはいますか？」

『千鶴は今外出しております』

「あ～そうなんですね。わかりました～」

予想はしていたけど、連絡もせずにいきなり来たから仕方ない。

このまま武田さんが帰ってくるまで待つか。家の前にずっといたら不審に思われそうだから、ちょっと離れたところにいよう。

『あっ!?　ちょっと待ってください。佐原さんってあの佐原さんですか？』

踵を返したとき、インターホン越しに女性が俺を引き止める。

「たけ、千鶴さんから聞いてる佐原のことなら、俺があの佐原だと思います」

『千鶴はもうすぐ帰ってくると思いますので、どうぞ上がって待っていてください』

どうしようかな……さすがに家に上がるのは武田さんに確認してからのほうがいい気がする。

一旦断るためにインターホンに向かって喋ろうとしたところ、玄関から勢いよく綺麗な女性が出てくる。

あれ？　この人……どっかで見たような。

「どうもはじめまして、千鶴の母です」

武田さんのお母さん……若いなぁ。

見た目の年齢は30代前半くらい。すらっとした体型、ミディアムヘアでぱつんと切り揃えられた前髪が特徴的で、目元が今の武田さんにそっくりだ。

「はじめまして？　佐原葉（さはらよう）って言います。失礼ですけど……どこかでお会いしたことありますかね？」

「……？　お会いしたことはないと思います」

「……そうですか」

なんだ、ただの勘違いか。

俺はポケットからスマホを取り出す。

「千鶴（ちづる）さんに今日来ること言ってないので、ちょっと確認しますね」

「いいから上がってください」

「え、でも」

「暑いのでこんなところに長時間いたら熱中症になってしまいますよ？　それに今連絡しても、むだだと思いますので」

腕を取られ、半ば強引に家へと引きずり込まれた。


玄関を上がり、リビングへと通される。

はぁ、涼しい……。

室内も外観から想像できたように木の温かみを感じられる造り。広々とした開放的な空間は、隅々まで手入れが行き届いている。

　案内されたテーブルに腰掛けるまでの間、つい部屋の中を見渡してしまった。

「うわ、すご……すてきな家ですね」

「ありがとうございます。佐原くんのお宅もすてきだって千鶴から聞いてますよ？　どうぞ、お茶です」

　綺麗なグラスに入った薄緑色の冷茶を差し出される。

　のどがカラカラだったからありがたい。

　お礼を言ってぐびっと飲み干す。

　茶葉の深い味わいが鼻から通り抜け、ひんやりとしたお茶が体に染み渡っていく。

　ふふぁ～……お茶うま。

　俺の飲みっぷりがおかしかったのか、武田さんのお母さんはくすくすと上品に笑う。

　あ、ちょっと笑い方が武田さんに似てるかも。

「はい、おかわりどうぞ」

「ありがとうございます。えっと、千鶴さんのお母さんと呼ぶのは呼びづらいので、なんてお呼びしたらいいですかね？」

　下の名前聞いてなかったから、そのつもりで訊いたのだが……。

「そうですねぇ……では、ママでどうでしょう」

「せめてお母さんとかにしません？」

「うーん……それでは武田ママでいかがでしょうか」

なぜ名字のほうなんだ……もうそれでいいや。

了承して呼び方が決まる。

もらった冷茶のおかわりを今度はちびちびと飲む。

中のあんこが層になっている上品なおまんじゅうまで出され……余は満足じゃ。

「千鶴に黙って来たとおっしゃってましたが、何かあったんですか？」

いけない、おもてなしに気を取られて本題を忘れるところだった。

「はい、ちょっと千鶴さんを怒らせてしまいまして……直接謝りに来たんですよ」

「そうなんですか？　あの子、いつもと変わらない様子だったと思いますけど……」

「きっと武田ママにはそういう姿を見せないようにしているんじゃないですかね」

「いやですねぇ……ちょっと前まではお母さんお母さんって可愛かったんですよ？　あっ、昔のアルバム持ってきますね」

武田ママはリビングを出ていく。

昔のアルバムか……いつぐらいの武田さんだろう。

というか持ってくるって言ってたけど、見たら武田さんに怒られるパターンじゃないか？

俺は今……火に油を注ごうとしているのではないだろうか。

アルバムを取って戻ってきたのか、足音が近づいてくる。

それと同時に聞こえる玄関扉が開く音。

そしてカサカサと、ビニール袋を持っているような音が聞こえてくる。

「ただいま帰りました」

「千鶴、おかえりなさい。佐原（さはら）くん来てますよ」

「えっ!?　な、なんでですか!?」

リビングの扉の向こう側で、武田ママと帰宅してきた武田さんの声が衝突する。

「謝りに来たって言ってますけど」

「ど、どういうことですか!?　というかどうして勝手に家に上げたんですか！」

「だってこんなに暑いのに外で待たせるわけにはいかないじゃないですか」

「そ、それはそうですけど……どうするんですか？　私はこの格好じゃ会えませんよ」

「だから家に上げたんじゃないですか。もしもあのまま佐原くんが家の前で待ってたら鉢合わせしているところでしたよ？　近くのスーパーだからって、リビングにスマホ置きっぱなしでしたよね？」

……やべ。すっかり忘れてた。

もうタイガーマスクが当たり前になってたから、外では素の武田さんだってことが頭から抜け落ちていた。

リビングの扉は濃い目のすりガラスになっていて、そこに武田さんが立つ。

いるのははっきりわかるけど、顔や体型などは確認できない。

姿が見えないように、武田(たけだ)さんがリビングの扉をほんの少しだけ開く。

「佐原(さはら)くん、いますか？」

声を聞き、俺も扉の前に立った。

「うん、勝手に来てごめん」

「それはもういいです。何があったんですか？」

「昨日のこと、もう1回謝ろうと思って……ほんとごめん！」

すりガラス越しでもちゃんと伝わるように、俺は勢いよく頭を下げた。

どうか、許していただけないだろうか――。


「あの……なんのことですか」


「……へ？」

思わず下げた頭を戻す。

「おっしゃっている意味がわからないのですが……」

こ、これはあれか？

実はわかっているけど、わからないフリをして精神的ダメージを与えてくる高等テクニック。

俺はめげずにはっきりと言い直す。

「だから昨日、映画のときに寝ちゃって……ごめん！」

「え……もしかして……それだけですか？」

それだけですか。

お前の誠意はそんなもんか、そういう意味での『それだけですか』だろう。

プレゼントを持ってきて本当によかった。

少しだけ開いた隙間から、見えるようにプレゼント――ギフト封筒を持っていく。

「これ……武田さんが欲しいって言ってた水族館のペアチケット。これで許してはもらえませんかね？」

これで俺の誠意はしっかりと伝わったはず。

それでも武田さんはチケットを受け取ろうとせず、黙ったまま。

これでダメだったら……俺はどうすればいいんだ――。

「あの……許すも何も、なんとも思ってないんですよ？」

……ん？

「え……なんとも思ってない？　それって怒ってないって意味でいいの？　お前のことはどうでもいいとかそういう意味じゃなくて？」

「違います！　昨日は最後まで楽しく映画を観て、いい気持ちで帰りました。そういう意味です」

「えぇ～っ!?　だ、だって昨日、悲しげな目をしてすぐに帰っちゃったし、映画の続きはもう観るなって言ってきたじゃん」

「あのときは映画に感動して涙ぐんでいただけで……すぐに帰ったのも、これ以上遅くなると送ってくれるお父さんに申し訳ないと思ったからです。続きを観ないでと言ったのは……その……と、とにかく怒ってません！」

それってつまり、こういうことですか……？

「え、じゃあ……俺の盛大な勘違いってこと……？」

「はい、そういうことです」

乙女（おとめ）心熱知度がレベル3に下がりました。

そう柊（ひいらぎ）さんの声が頭の中に響いた気がした。

一気に気が抜ける。

「はぁ～～～～～……よかったぁ」

安堵からその場に屈む。

すりガラスからでも見えたのだろうか。

「そんなに……気にしてくれてたんですか？」

「気にしてたよ。昨日は、一睡もできなかったんだから」


「そう……なんですか」

少しだけ、沈黙。


そのあと武田さんが頭を下げたのがわかる。

俺もこんな風に見えてたのか。

「私のほうも勘違いさせてしまって……すみません」

「いや、そもそも寝ちゃった俺が悪かったから気にしないで」

「そう言われてしまうと……元々は私が悪かったことになってしまいますね」

「え、どゆこと？」

「あ、なんでもないです。こっちの話です」

よくわからないが、問題は解決したようである。

もう一度、チケットの入ったギフト封筒を見えるように差し出す。

「どっちにしてもこれ、武田さんにプレゼントする予定だったから……受け取ってよ」

ドアの隙間から右手が出てきて、扉の向こうにゆっくりと封筒が吸い込まれていく。

「ありがとうございます。開けてもいいですか？」

「どうぞご自由に」

すりガラスから武田さんを見る。

封筒を開けているであろう姿。

中から出てきたチケットをじっと眺めているであろう姿。

「とっても……可愛いです」

チケットを胸に抱えているであろう姿。

渡したチケットには、武田さんの大好きなイルカが印刷されている。

いったいどんな表情をしているのだろうか。

見られないのはちょっと残念だけど……喜んでくれて、本当によかった。

「あらあらあらあらあらあらぁ～」

武田さんの隣にいる武田ママが突然叫ぶ。

あらの連呼。

「いいですね～、佐原くん、いいですね～」

ちょっと興奮してるっぽい。

「うるさいです」

「こんなもの見てしまったらうるさくなってしまいますよ。千鶴はもう部屋に戻っていなさい。あとは母が佐原くんとお話ししますので」

「ちょ、ちょっと待ってください！　それに何持ってるんですか？」

「これですか？　千鶴のアルバムです」

「絶対にダメです！　返してください！」

「返してって、これは母のですよ？」

「佐原くんにだけは、絶対に！　ダメです！」

すりガラスには、アルバムを奪い合う親子の姿。

やっぱりアルバムを見るのはダメだったらしい。
一歩間違えていたら……武田さんを本当に怒らせていたのかもしれない。
その未来が回避できたことも加わり、俺は今、非常に安堵(あんど)している。

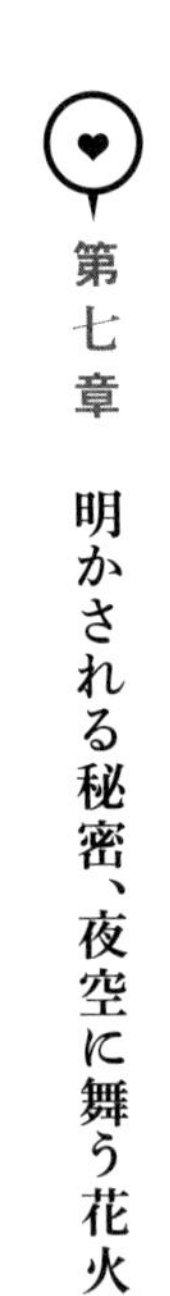

第七章　明かされる秘密、夜空に舞う花火

「ふっふっふ……ふっふっふっふっふっふ……」
佐原家、自室。
俺は今、スマホからインターネットバンキングの預金残高を見てニヤついている。
先週忘れずにバイトの週払い申請を行い、今日そのお金が入金されたからだ。
入ってきたのは週払いの申請上限額目いっぱいの3万円。
残りは来月に支払われるそうだ。
大人にとってはたかが3万円。
何ニヤついているんだと思われるかもしれない。
だが高校生にとっては大金なのだ。
むだ遣いしないように、使い道を整理しよう。
まずは家族へのプレゼント。
とりあえず武田さんにはチケットをあげたから除外。
美紀にはもっこりプリン道のプリン6個セット。送料込みで3千5百円。
父さんと母さんはいらないって言ってたけど……やっぱり何かあげよう。

プレゼントだって言って渡さずに、二人が好きそうなものを冷蔵庫に詰め込んでおけばいいだろう。そうすれば適当に食べるだろうし。二人合わせて5千円。

次におしゃれ代。

美容室のヘアカットは高校生割引が適用されて3千5百円。あとはヘアワックスとか細かいメンズ用品を一式揃えて3千円。

これで残すは約1万5千円。

ここから洋服とデート代を賄わなければならない。

服選びは値段の振れ幅が大きいから、特に重要になってきそう。

コンビニでメンズ雑誌を立ち読みして参考にしようと思ったけど……あれはダメだ。高すぎて手が出ない。

柊さんに相談したら、高い服じゃなくてもいいから、シンプルで清潔感のある服装がいいって言ってた。

シンプルだと、いつもの俺の格好と変わらないような気がするんだけど……どうしたものか。

ここは課題として、しっかりと考えておこう。

しかしもっとも問題なのは、デートの件である。

いつ、どのタイミングで立花さんをデートに誘うか。

そしてどこに行くかだ。

メールで誘えば簡単なのかもしれない。でも、ここはやはり直接言うべきだ。

よし、次のバイトで休憩が一緒になったら……そこで誘おう。

場所は……場所は……あーもう、その場の雰囲気でなんとかなるだろう。

「……今日も来てる」

ファミリーレストラン『なごみ』にはときどき、変なお客さんがやってくる。

店長が言うには、なごみに限らず接客業をやっていれば必ず遭遇するそうだ。

呼び出しベルが鳴ったから、その変なお客さんの元に向かう。

「お待たせしました。ご注文をお伺いいたします」

「…………」

何も言わない。

さっきの言葉をリピート。

「お待たせしました。ご注文をお伺いいたします」

「……お前じゃない」

「あの、お客さま?」

「なんでお前が来んだよ！　柊さんを出せ！」

「ここ、キャバクラじゃないんだけど」

もう敬語はやめてタメ口で突っ込んだ。

だって、タメだから。

「文也……これで何回目だよ」

「何回でも来るぞ。少なくとも連絡先を交換するまではな」

「積極的なのはいいけど……度が過ぎるとストーカーだよそれ」

「別に毎日来てるわけじゃねーし、柊さんも迷惑って感じじゃなかっただろ？」

「それはそうだけど……ご指名するのはなしでしょ」

「それは悪かったよ。それで柊さんは？」

「今日は休みだよ」

「くそー！」

頭を抱えて天を仰ぐ文也。

とにかく当てずっぽうで来てるだけだから、まだそんなに二人は遭遇していない。

前に柊さんのシフト時間を教えろとか言ってきたけど……厄介なことになりそうだから無視してる。

文也は水を呷り、グラスをカツンと置く。

「もう時間がないってのに……」

「なに時間がないって……余命宣告でもされた？」

「ちげーよ。来週花火大会があるだろ？　そこに誘うんだよ」

花火大会――毎年この地域では恒例となっている夏のビッグイベントだ。

確か俺も3年前、ここを引っ越す前の夏休みに一度だけ行ったことがある。

「もう先約があったりして」

「……お前じゃないだろうな？」

こちらを睨む。

「違うよ」

「だっておかしいだろ。なんでお前は初日に連絡先交換してるんだよ」

「それは同じバイト先だからってだけでしょ」

「どうだかな……お前アホだから自覚がねーだけかもしんねーだろ」

落ち込む文也。

まさか俺まで疑うなんて……変な思考回路に陥っている。

どうやら本気で惚れてしまったらしい。

「お前のほうはどうなんだよ。立花とのこと」

「次休憩がかぶったらデートに誘うよ」

「まだ誘ってねーのかよ。そうやって次次次次って言ってっからなんも進展がねーんだろ。さっさとコクって付き合っちまえよクソが」

「文也、図星だけど言葉がきついぞ」

「すまん」

素直だな。許したる。

「とりあえず今日は柊さんいないから」

「わかったよ。いつもの頼む」

俺はハンディターミナルに注文を打ち込む。

いつものというのはフライドポテトとドリンクバーのことだ。

文也は柊さんがいてもいなくても、ポテトをつまみにジュースを飲みながら、1時間くらい宿題をやってから帰っている。今日もそんな感じだろう。

宿題といえば新もだ。今日もキッチン近くの席にいる。

「というか、新が向こうにいるのになんでいつも一人なの？」

「馬鹿かお前は。アイツが近くにいるとき女がいたら厄介なことにしかならねーだろ」

「考えすぎじゃない？」

「はぁ～、ほんとなんもわかってねーのな」

それじゃあまるで、新が女に見境がないみたいじゃないか。

……まぁ、一度浮気していたのは見たことあるけどさ。

「それじゃあ、ごゆっくり」

「おう……あ、葉。デートに誘ったならちゃんと俺に教えろよ」

「うん、連絡するよ」

「……よし、もうダメだったらこれしかねぇ」

ぼそっと呟く。なんだ「これしかない」って。

もう文也に宣言もしたし、ますます後に引けなくなった。

やるぞ、やるぞ、やるぞぉ！

自分を鼓舞しながら、次の休憩に備えた。

◇

人というのは……覚悟を決めていても、いざ直前になると気持ちが弱くなってしまうことがある。

さっき休憩に入った俺は、ドキドキしながらスタッフルームに入室していた。

そこで立花さんの姿がないことに――安堵してしまった自分がいる。

本来は悔しがるべきなのにもかかわらずだ。

だけどこのままじゃダメなのはわかってる。

椅子に座って精神統一。落ち着こう。

いずれやらなきゃいけないんだから、早いほうがいい。そう心に言い聞かせるのだ。

「よっおっくぅ～ん！」

「ひゃい！」

「ひゃい？　お疲れ様～」

突如として女子更衣室の扉が開く。

予想外のところから立花さんが出てきて心臓が飛び出るかと思った。

そっちにいたの……。

「立花さん、お疲れ様」

「……エッチなの見てたでしょ」

「見てない見てない、見てないから」

今はちょっとエッチなとこ見てますけど。

どことは言わないよ。

立花さんは怪しい目を向けながら左前の椅子に座り、コロッと話題を変える。

「ねえ葉くん、宿題やった？」

「あぁぁ、聞こえないっ！」

「ふふふ……アルバイトばっかりしてちゃダメだよ？　ちゃんと勉強もやらないと」

「いいかい立花さん、勉強は中３の受験で終わったのだよ」

「そんなこと言ってると大学受験で大変なことになっちゃうよ？」

「やだぁ、あの勉強漬けの日々がまた始まるなんて……」

「ふふふ……じゃあ私も頑張るから、一緒に頑張ろ？」

きっと一緒にいたら勉強に集中できないよ。

いつものように、和やかな会話を皮切りに雑談が始まる。

そして俺は……自然な流れで、あの話題に話のかじを切ることに決めた。

「立花さんはさ……夏休みにどっか遊びに行った？」

「桃花ちゃんたちとお買い物に行ったよ。アウトレットパークでたくさんお洋服見に行って楽しかったの」

「いいね、楽しそう。夏休みももう終わりだけど……ほかに何か予定あるの？」

アウトレットパークの話を広げるのはまた今度にして、今は次の話題だ。

特に、新とか新とか新とか。

立花さんは考える余地もなく即答する。

「ううん、もう夏休みはほとんどアルバイトだけだよ。やっぱり働くと疲れちゃって大変だよね」

「わかる、俺も日曜日に昼間まで寝てたら母さんに怒られたよ」

「ふふっ、葉くん夜中までゲームやってたでしょー。それで怒られたんじゃない？」

「え、なぜバレた」

「なんとなく？」

エスパーですか？

まずい、このままだと話が脱線しそう。

そうなる前に——シフト表をチラ見した後、俺は勝負に出ることにした。

「立花さんはさ、忙しいから……花火大会とか、興味ないよね？」

ビビッて遠回しな言い方になってしまった。

でもなんとなく伝わっているはずだ。乙女心熟知度４の俺にはわかる。

さっき文也から盗んだアイデア。それをそのまま立花さんへぶつける。

「葉くん……それって、デート？」

「はい、デートです」


返答はない。

冷房の噴き出す音をかき消すように、心音だけが耳に入ってくる。

早く……早く答えてほしい。

そう心の中で唱えていると——立花(たちばな)さんの表情が変貌する。

「へへぇ……いくぅ」

破願である。

こんな笑顔、見たことない。

このあとに言おうとしていたことが全部ふっとんだ。

可愛すぎる……。

俺の心臓、少し落ち着こう?

ね？　お願いだから……死んで、死んでしまう……。

◇

花火大会当日の夕方。

「あれ？　おかしいなぁ……ちょっと緩い……こうか？」

俺は今――自室の姿見の前で着付けに苦戦している。

花火大会でおしゃれな格好といえば浴衣。着ていくものはこれしかないと、近隣の着付けレンタル店に駆け込んだまではよかったが、既に予約がいっぱいで借りられなかった。

なんとかインターネットでレンタルに成功するも、届いたのはついさっき。

もう時間がない。

ググりながら、なんとか形になるように頑張っているところだ。

「ここをこうして……こう。おっ、いけた」

ちゃんと着付けができているか、姿見で要チェック。

俺が選んだのは、えんじ色に濃淡の縞模様が入った浴衣だ。シンプルだけど綺麗な赤が人目を惹く一品。

送料込みでレンタル料1万円もしたけど、これにしてよかった。普段は着ない色だからか、見ていると気合が入ってくる。我ながらなかなかカッコいいのではないだろうか。

次にワックスで髪型を整える。昨日髪を切りに行って、美容師さんにワックスの付け方を聞いて練習しまくった。こっちは問題なくいきそう。

よし、いい感じに髪の毛が立ったぞ。

部屋を出る前に気合を入れる。今日は勝負のとき。しくじったら何もかもが終わる。

大丈夫、変なところはどこにもない……緊張した顔が変だとかは言わないで。

全ての準備を終えて1階に降りた。

早く行かないと、約束の時間に遅れる……家族には遊びにいくと伝えてあるからすぐに出よう。ちなみに、今日のデートのことは約束どおり文也に伝えた。

急いで下駄に足を入れ、玄関のドアに手をかけようとしたところ——左の裾が何かに引っ張られる。

振り向くと虎。タイガーマスク姿の武田さんである。

「佐原くん、どこに行くんですか？」

「花火大会だよ」

「……立花さん、とですか？」

なぜわかった。

隠してもしょうがないだろう。

「うん、そうだよ」

「そう、ですか。……気をつけてくださいね」

すっと、武田さんの手が離れた。

玄関に置いてある時計が目に入る。

やばい、急がないと。

「それじゃ、行ってきます」

急いで出ようとするも、また左の裾が引っ張られる。

まだ用事があるのだろうか。

「どうしたの？」

「いか…………」

「いか？」

俯いて、それだけ言って、黙ってしまう。

なんだ……いかって。

武田さんは首を横に振り、続きを伝えてくる。

「あ……屋台でイカ焼きが売ってたら……買ってきてくれませんか？」

「武田さんイカ焼き好きなんだ。初耳だよ、りょーかい」

「はい、いってらっしゃい」

武田さんに見送られ、慌てて家を出た。

走りながら考える。

多分、いつもの笑った口元だったはず。
だけど目元は——あのときに、そっくりだった気がする。

◇

「はぁ、はぁ、はぁ……」

時刻は19時——の３分前。

俺は鳥居の柱に手をつき、上がった息を整えている。

危なかった……危うく遅刻するところだった。自分から誘っておいて遅刻なんてしたら最悪の大失態。その時点でゲームオーバーだ。

汗、汗汗、汗を拭かないと。

臭いのは清潔感の真逆だ。立花さんが来る前に拭かないと。

巾着袋から汗拭きシートを取り出して顔に当てる。買っといてよかった……。

「くんくん、くんくん」

次に首を拭こうとしたとき、俺の右の耳元から変な声が聞こえてくる。鼻で嗅ぐ音ではなく、わざと出している声だ。

振り向くと——。

「うわっ、な、なんでここにいるんですか!?」

「ひどーい！　第一声がそれ？　もっとほかに言うことがあるんじゃないのかな？」

そこにいたのは――浴衣姿の柊さんだった。

めちゃくちゃ可愛いんだけどさ、似合ってるんだけどさ。

そういうことじゃないんだよ。

「だってびっくりするじゃないですか。この人込みの中、偶然会うなんて……」

花火の打ち上げまであと15分。

周囲は足を止めることなく、観覧場所を求めて多くの人々が行き交っている。そんな中でこうも簡単に知人に会うことなんてあるのか。

柊さんは辺りを見渡し、

「……よし、じゃあ佐原くん、行こっか」

そう言って俺の腕を取る。

行くって……どこに？

「ちょ、ちょっと待ってください！　俺には約束が――」

「大丈夫だよ？　柳くん、急用ができて来られなくなっちゃったんだって」

「葉くん……なんでイチャついてるの？」

時刻は19時。約束の時間ぴったり。

その人は、現れる。

纏う布地は白を基調に、淡いピンクの花が咲いている。ふんわりとしたへこ帯がリボンになっていて、奥ゆかしさと可愛らしさを両立する。

長い髪型はもちろんお団子ヘア。そこに花の髪飾りが加わり、色っぽさが2割増し。

そう——浴衣姿の、立花さんである。

立花さんは不機嫌な顔をしながら俺と柊さんを引きはがす。

「葉くん、これってどういうこと？」

「いや、俺にもわからないから柊さんに訊いてよ」

「柊さん、なんでここにいるんですか？」

「それはこっちのセリフかな。私は佐原くんのお友達の代わりに来たんだよ？」

「どういうことですか？　今日は二人だけでデートだったんですよ？　帰ってください！」

「……ん？　どういう、うーん？」

柊さんは唇に人差し指を当てながら、何かを考えている。

それからほんの一瞬だけ、柊さんは妖艶な目つきで俺を見た。

「あいりちゃんひどーい！　ここまでおしゃれして来た女の子を一人で帰らせるの？」

女の子の着付けは大変だって聞いたことがある。

それをわかってなのか、優しい立花さんは強く言い返せず、

「ん〜、もー！」

ただそう返すだけだった。

今日、花火大会に行くことは家族とあいつしか知らない。そして待ち合わせの場所と時間まで知っている人物。というか、そいつの名前はついさっき柊さんの口から出たばかり。

俺が犯人に目星を付けたところで……あいつがやってくる。

「あれ？　柊さんじゃないですか。偶然ですね〜、こんなところで会うなんて」

そう、文也である。

わざとらしい、こいつめ……。

「え、柳くん!?　今日親戚の集まりがあるから来れないんじゃなかったの？」

柊さんが驚いている。柊さんがいるなら親戚の集まりを絶対断るだろうし、嘘だろう。

「おう立花、偶然だな」

そして文也の隣にはなぜか新。

立花さんは何も言わない。

その後にも続々と見知った顔ぶれが現れる。

「あれ？　あい、今日バイトってふみっちに聞いてたけど違うの？」

「はぁ……突然柳が別の場所に移動するって言いだすからなんか怪しいと思ってたけど……そういうこと？　あいりごめん、私と桃花は何も知らなかったのよ」

「葉、俺も聞いてないよ」

順に藤沢さん、大澤さん、陽介。いつものメンバー。

この後みんなは一斉にいろいろ言い出し、陽介が話をまとめて俺に真相を伝えてきた。

柊さんは文也から、「葉と花火大会に行く予定があったけど、急用で行けなくなったから自分の代わりに行ってほしい。どうせなら葉には黙って、当日浴衣姿を見せてびっくりさせてはどうか」と提案されて来たらしい。そこに文也が偶然を装って合流し、柊さんと二人でデートをする算段。……が、騙して柊さんを連れてきた手前、一人だけだと断られることを懸念して文也は内密にメンバーを集めることにしたそうだ。

陽介は俺と立花さんはバイトで忙しくて来られないと聞かされていたため、俺たちがデートをすることは知らなかったとのことだ。

もしも知っていたら文也を止めていたと……全く悪くないのに陽介は謝ってきた。

それぞれの言い分はわかった。ひとまず深呼吸で心を落ち着かせる。

……とんでもない邪魔が入った。

いつもの俺だったら……このまま流されて、みんなで花火を見る流れになっていることだろう。でも、今日は覚悟を決めてきたんだ。

それに——何よりも大切なことがある。

「柊さん、ちょっとお話いいですか？」

大澤さんからお説教を喰らっている文也に全員が気を取られている間、少し離れたところに柊さんを連れ出した。

柊さんにはどうしても、聞いておきたいことがある。

「何かな佐原くん、このまま二人で抜け出しちゃう？」

「柊さん、俺の勘違いかもしれないんですけど……今って乙女心の授業中じゃないですよね？」

「……どうしてそう思ったのかな？」

今までいろんな授業を柊さんから受けてきたけど、今日の柊さんの言動には腑に落ちない点がある。

「俺と立花さんが二人で会う約束をしてたってことがわかったあと、それでも一緒にいようとするのが変だと思ったからです。本当にあの女の子の気持ちを考えるように教えてきた柊さんの行動とは……どうしても思えないんですよ」

一瞬だけ俺に向けてきたあの視線が、今でも引っかかりとして残っている。

俺の言葉を受けて、柊さんは背中を向ける。

「佐原くん、問題です。二人で花火デートをしているとき、ばったりと友達に遭遇してしまいました。みんなで仲良く楽しく遊ぶことになります。このときの女の子の心情はなんでしょう」

突然始まった乙女心授業。

何よりも大切なこと。今日、俺の誘いを受けてこの場に来てくれた立花さんの気持ち。

俺は力強く、迷いなく答える。

「本当は、二人だけがいい」

柊さんが振り返る。

今まで見たことのない、とびきりの笑顔で。

「ピロリロリン！　佐原くんのレベルが5に上がりました」

俺は駆け出す。

右手を伸ばし、狙うは立花さんの左手。

「わっ、葉くん!?」

しっかりと掴んだ。

今は離さない。

鳥居をくぐって境内へ。

走り辛い。だから転ばないように、転ばせないように。

遅すぎず、速すぎず、人込みをかき分けながら手を引いていく。

後ろから新の叫ぶ声が聞こえた。でも、かまわない。

次々と視界の端から消えていく屋台。

大好きなからあげも、定番の焼きそばも、今はどうだっていい。

だって今日、絶対に俺は――。

「「はぁ、はぁ、はぁ……」」

二人して呼吸を整える。

まるでゾンビから逃げるみたいに必死に走ったから、途中で張られている立ち入り禁止のロープを潜り抜けてしまった。

ここは本殿の裏手。遠くのほうでがやがやと聞こえるけど、周囲には誰もいない。

「はぁ……立花さん、ごめん、大丈夫？」

「はぁ、はぁ……うん、大丈夫」

立花さんは巾着袋からハンカチを取り出すと、首筋に流れた汗を拭う。

その仕草がいつにも増して色っぽい。

これが浴衣のマジックか。

トラブル続きで言えなかったけど……忘れてない。過去の失敗を繰り返してはならないのだ。

「立花さん、浴衣、すごい似合ってるよ」

もっと、付け足すべき言葉があったのかもしれない。

こんな当たり障りのない誉め言葉でも、立花さんは頬をほころばせた表情を見せてくれる。

「へへぇ……やったぁ！　葉くんも、かっこいいよ」

お返しの誉め言葉を受け取り、俺も「ありがとう」と返した。

柊さんは正解だって教えてくれたけど、一応確認しておこう。

「立花さん、大丈夫だった？　いきなり連れ出しちゃって」

「うん、嬉しかった。すごくドキドキして……無理やり結婚させられそうになった新婦が、手を引かれて結婚式から逃げ出すときみたい」

「連れ出したのは新婦の元彼で、ちょっと待った〜って乱入してくるパターン？」

「そうそう、それで新郎はこう言うの。法律違反だぞって」

「コメディかな？」

お互いの笑い声だけが辺りに広がる。

とても穏やかで、俺にとっては夢みたいな時間。

こんな時間がずっと続けばいいのに。

そう思ってしまう自分に鞭を打ち、俺はあの日のことを立花さんに問うことにした。

あの日——立花(たちばな)さんと、新(あらた)が付き合うことになった日のことを。

「ねぇ、立花さん」

「なぁに？　葉(よう)くん」

「あのさ——」

冗談だって勘違いされないように、はぐらかされないように。

真剣な表情で、立花さんを見つめる。

この答えを聞いたら——俺はもう、引き返せない。


「立花さんって、新と付き合ってるんだよね？」


ちゃんと、答えてほしい。

立花さんの表情が強張(こわば)る。

さっきまでの優しい顔が……まるで嘘(うそ)みたいに。

「葉くん……それ、誰から聞いたの？」

新から告白されたことを聞いてたのか——そういう問いではない。

誰から聞いたのか、だ。

俺はその人物の名前を口に出す。

「新だよ」

冷酷な目つきに変わり、氷のように固まる表情。普段の明るくて可愛い立花さんからは、絶対に想像ができない姿。

直感で、それは俺に向けられたものではないことがわかった。

その表情のまま――立花さんは俺が知りたかった答えを教えてくれる。

「付き合ってないから。一度も」

一度も。その重い声から発した最後の言葉に、全てが込められていた。

つまりは別れたわけでもなく、付き合っていて喧嘩をしているわけでもない。

そもそもが、付き合ってすらいない。

そういうことなんだろう。

じゃあの日――新がした告白、それに対して立花さんが返した言葉。

あの真相は、俺が見たものは……いったいなんなんだ。

「ねぇ、立花さん――」

この先の問いで、全てがわかるはず。

「ちょっと待てぇええ!!」

大声を発する邪魔者。

さっきの俺たちみたいに、息を切らしている。

必死になって探したんだろう。

でも、今さら来ても遅いよ。

「待たない。新、もう立花さんから聞いちゃったよ。付き合ってないんだってね」

「はぁ、はぁ……くそっ、てめぇ、はぁ……約束破りやがったな」

約束――それは立花さんと新が付き合っていることは内緒にすること。

「それはごめん。でも元々嘘ついてた新が悪いんだからお互い様じゃない？　それに今までちゃんと黙ってたよ。陽介にも文也にも……誰にも言ってないんだから」

「プールのときに沙織に言ってたじゃねぇか」

あ、あのときの女の子か。確かに勢い余って言ったかも。

「でもそれって浮気してた新が悪いよね」

「うるせぇ！　あんな女どうでもいいんだよ！　立花がいればそれでいい！」

叫ぶ新。最低な言い草だけど……立花さんへの想いは本物なのが伝わる。

でも、俺は待たない。

俺の中で、今まで足かせになっていたものが吹っ切れていく。

あの日、体育館裏で伝えることができなかった想いを、今伝えよう。

不思議と、あのときみたいに極度の緊張はしていなかった。

程よい緊張感。

それはきっと、これまで立花さんと過ごした日々が関係しているのかもしれない。

「新……俺、立花さんに伝えるよ。もし聞きたくなかったらすぐにこの場から離れてほしい」

好きな人が自分じゃない誰かと両想いになる瞬間を、目の前で見せつけられる。

まだ告白の結果は出てないけど、その未来がやってきたとき――あんな辛（つら）い思いを、同じ苦しみを、新には味わわせたくない。

「やめろっ！」

立花さんに顔を向け、最後の心の準備をする。

目をつぶって深呼吸。
ゆっくりと、瞼を開いてその子を瞳に捉える。

俺は、ずっと……。

「立花さん、俺——」

あなたのことが——。

「やめろぉおっっ！　立花はなぁ、俺の女になるんだ!!　夏休みが終わったら付き合うことになってんだよぉ！」
雄たけびを上げるかのような声量に、俺のセリフはかき消される。
まだ、そんな嘘を言うのか。
俺は呆れながら、立花さんに軽い気持ちで確認する。

「ねぇ立花さん、これもどうせ嘘だよね？」

——何も、言わない。

なんで……俯(うつむ)いてるの？

「え……嘘だよね？」

「嘘じゃねぇよ。なぁ立花、ちゃんとあの約束は守るよな？」

あの約束——何の、約束だよ。

立花さんはぎゅっと拳(こぶし)を握り込み、

「うん……守るよ」

冷たく、人形みたいな表情で、新(あらた)の言葉に同意する。

それから俺の顔を見て、

「葉(よう)くん……ごめんね？」

悲しそうな顔で、それだけを残して……俺の前から、立ち去っていく。

俺は追いかけることもできずに、ただ……その後ろ姿を見送ることしかできなかった。

何が、どうなっているのかわからない。

新は俺に近づき、パンと音が鳴るくらいの強さで肩を叩き、
「ははは、残念だったなぁ～。まぁそういうことだから諦めろ、葉っぱきゅん」
勝利の余韻に浸るように、煽りながら俺の横を通り過ぎていく。

俺はまた……失恋、したのか？

少しだけ遠く、背後から、新が俺に言葉を投げてくる。

「あ～、そうそう。もういいかげん、お友達ごっこは終わりにしようぜ。俺のことをコケにしたこと……ぜってぇに、許さねぇから」

――19時15分。鮮やかな花火が夜空に舞う。
今年最初に見た綺麗な花火が、ずっと頭から離れない。
それは最低最悪の、思い出になった日だったから――。

第八章　そばにいてくれる人

夏休みの最終日、アルバイト先のファミリーレストラン『なごみ』。

本当は休みたい気分だったけど、出勤すると約束した以上は出ないわけにはいかない。

なごみのスタッフルーム。前半の仕事を終えて45分の休憩に入る。

あと残り4時間か……しんどい。

「はぁ～……」

ため息。

これで何回目だろう……途中で数えるのをやめたからもうわからない。

あの花火大会の日以降、立花(たちばな)さんはバイト先に姿を見せていない。

どうやら体調不良らしいけど……本当のところはわからない。でも、あのときのことが何かしら関係していることは間違いないだろう。

迷いに迷った結果、思い切って立花さんにメールしたけどいまだに返信がない。

俺の、伝えようとしていたこの気持ちは――いったいどこに持っていけばいいんだろう。

テーブルに突っ伏す。

このまま、寝てしまおうか。そしたら少しは楽になるかも。

嫌なことがあると寝る癖、いいかげん直したほうがいいのかな……。

しばらく時間が経ったあと、扉が開く音が聞こえた。誰かが入ってきたようだ。

でも俺はそのまま寝たふりを続ける。

向かいの席の椅子(いす)を引く音、微(かす)かな椅子の軋(きし)む音が耳に入ってきたあとに、俺のつむじがつんつんと誰かに突つかれる。

「起きてるんでしょ？」

柊(ひいらぎ)さんの声。俺は答えない。

「あっ、あいりちゃんだ」

がばっと勢いよく顔を上げた。

室内には柊さんだけ。立花さんの姿なんてどこにもない。

今日も立花さんの代わりに柊さんがキッチンに入っていたんだった。

完全に騙(だま)された……。

「引っかかったぁ」

「柊さん、それはないですよ」

「だって佐原(さはら)くん、なんにも話してくれないんだもん」

柊さんは少しご不満な様子だ。

こんなこと……誰にも言えやしないよ。

「男子高校生にもいろいろあるんですよ。摩訶不思議なことが」

「ふ〜ん……あたしも佐原くんと同じ男子高校生だったらよかったなぁ〜」

「そんな美人な男子高校生がいたらいろいろと問題だと思いますよ」

「好きになっちゃう?」

「なっちゃうかもしれませんね。でも好きな男は陽介だけで間に合ってます」

「あぁ、陽介くんね。いい子だよね、あの子」

この間の花火大会、結局あのあと柊さんは陽介たちと花火を見ながら屋台を回ったらしい。そのときにいろいろと話したんだろう。

「タイプですか?」

「う〜ん、カッコいいけど、どっちかっていうと佐原くんのほうがいいかなぁ」

「柊さん……目ん玉腐ってます?」

「ひどーい! レベル下げちゃうよ?」

「嘘です。すみません」

だって、あのインテリイケメン性格パーフェクト超人より俺のほうがいいなんて……そう思っちゃうのも仕方ないでしょ。

柊さんは俺に優しい目を向ける。

「ねぇ佐原くん……あのとき、あいりちゃんの手を引いて駆け出していったとき……すごいカッコよかったよ。私、本気であいりちゃんが羨ましくなっちゃったよ」

まるで映画のワンシーンみたいだったって、楽しそうにそう話す。

「佐原くんはイケメンじゃないし頼りないしまだまだ乙女の気持ちがわかってないところがあるけど……それでも、一生懸命なところが可愛いなって」

「……ありがとうございます。でも前半は余計ですちょっと傷つきました」

「ふふっ……でもイケメンにはなれないかもしれないけど、頼りになる男の子にも、乙女の気持ちがわかる男の子にも、頑張ったら誰だってなれるでしょ？」

言うのは簡単だ。

「俺はなれないかもしれませんよ？」

「だからなれるように、私が教えてあげてるんでしょ？」

まっすぐな瞳でそう言われると……できそうな気がしてくるから困る。

「そうですね……ちなみに乙女心がわかる頼りがいのある男になっても、好きな子に振り向いてもらえなかったとしたら……俺はどうしたらいいんでしょうか」

柊さんはいたずらな瞳をして、恥ずかしげもなくこう言った。

「そうなったら、私が佐原くんの心を奪いにいってあげる」

そして、あのときも見た、とびきりの笑顔。

不思議な人だな。

話すと元気になる。

自分ができる男になれると思ってしまうからすごいものだ。

今は、目の前のことに集中しよう。

俺は気合を入れて、残りの仕事をこなすためにホールへと向かった。

お客さんを案内して、注文を取り、料理を運び、お会計をして、テーブルを片付ける。

細かい作業を除けば、そんなことばかりしている。

体を動かしているときは嫌なことも忘れられるものだ。

「いらっしゃいませ～」

お決まりの挨拶（あいさつ）。今は仕事。仕事だ。

それでも悩み事が忘れられないときは必ずやってくる。

「おう、今日も元気にやってるか？　葉っぱくん」

それは、悩みの種が自らやってくるとき。

新と――。

「こいつが葉っぱくん？　少しガタイ良さそうだな」

「でも弱そうじゃね？　顔が」

「たしかに」

ガラの悪い男が三人。

一人は筋肉質で体が大きく、綺麗な剃り込みが入っている。

一人は金髪のオールバック、腰にいっぱいチェーンがついている。

一人は茶髪でホストの私服みたいな格好。

新が誰かを連れてくるのなんて初めてだ。

いろいろ気になることはあるけど、今は仕事モード。

知らない人だと思って接客する。

「お客さま何名様ですか？」

「見ればわかんだろ。馬鹿かよお前。さっさと案内しろよトロいなぁ」

「……4名様ですね。こちらへどうぞ」

不快状態を封印。今は仕事モードだから。

今日はキッチンの近くを指定じゃない。立花さんがいないのをわかっているんだろう。

席に案内するとすぐに飛び出るいちゃもん。

「おい、さっさと水持ってこいよ。ほんと仕事できねーなお前」

右手前に座る新が、カツカツと催促するようにテーブルを叩く。

言い返す言葉を飲み込んで、俺はすぐに水を持ってきた。

いつもどおりお客さんに出すように、テーブルにコップを置く。

「おい、なんだよそのコップの置き方は。もっと静かにおけよ」

「そこは別によくね、ウケるわ」

「どんだけ嫌いなんだよ」

「女の恨みだな」

新の態度がおかしかったのか、三人はゲラゲラと笑う。

この三人、新とどんな関係なんだろう。

左手前の席、剃り込み男が俺に話しかけてくる。

「お前、新の女に手出したんだってな。ご愁傷様だよ、こいつ粘着質でしつけーから覚悟しといたほうがいいぞ」

「おい悟、余計なこと言ってんじゃねぇぞ。それ以上口を開くならお前にもう女回さねぇからな」

「はいはい悪かったよ。でもお前もちゃんと女寄越せよな？　最近全然だろ」

「こいつデブったからじゃね？」

「はは、あり得るわ」

夏太りっていうのか？

新の顔はパンパンで、体型もムチムチボディになっている。最近なごみに入り浸ってオムライスばっかり食ってたから、もしかしたらその影響もあるのかも。

……ちょっと聞きたいことができた。

仕事モードを一時的に解除する。

「ねぇ新、立花さんは……元気？」

「昨日も立花の家で飯食ってきたけどいつもと変わらなかったぞ。あ、そうか、お前知らねぇのか。俺がここ2か月、毎晩立花の家で手料理食ってたの」

毎晩、手料理を食ってた。だから毎日、夜に会ってた。

少し前だったら嘘だって思ったかもしれない。でも俺が直接立花さんに訊ける状況になった今、新が嘘をつく意味はないだろう。

つまり、本当のこと……。

左奥の席、金髪男が黙ったままの俺を見て言う。

「おい新、こいつ童貞なんだろ？　可哀想だからそれ以上言うのやめてやれよ。変な性癖に目覚めちまったらどうすんだ」

「ははは、フォローになってねー」

「え、こいつ童貞なん？　童貞にムキになってる新とかウケる」

「ちげーねぇ」

またゲラゲラと三人は笑う。

なんだろう、この違和感。

仲はいいんだろうけど……さっきから新がいじられてる。

新は少し怪訝な表情を見せた。

たまった不快感をぶつけるように、俺に口撃してくる。

「もうわかっただろ？　今晩も立花と会ってよろしくやってくるからよ。お前はそれをおかずにベッドでシコシコやってろよ」

――――っ。

ふーっと、目をつぶって息を吐いた。自分を落ち着かせるためだ。

なんで新がこうも俺に突っかかってくるのかをよく考えろ。

お友達ごっこは終わり。絶対に許さない。

新はそう言っていた。今日このメンバーでここに来たのは、多分俺を挑発するためだ。

俺を怒らせて、殴らせようとしてくる。

そうなったらどうなるか。まず間違いなく剃り込み男が止めに入ってくるだろう。

いや、もしかしたら一発は新を殴れるかもしれない。

正確には殴らせてもらえる、だ。それは正当防衛として、剃り込み男が殴り返す口実を得るためにほかならない。

俺はバイトをクビになって、学校は停学、もしくは退学。顔はボコボコになって、さらにイケメンから遠のくだろう。

それに自分から殴りに行ったら……父さんには叱られるだろうな。俺は普通の高校生よりも力が強い。そんなことのために筋トレを教えたんじゃないって言われそう。

怒りを、飲み込んだ。

大丈夫、もともと前から二人はそういう関係があるって覚悟はしてた。

好きだったたから、諦めきれなかったから……俺は新に自分から宣戦布告したんじゃないか。

仕事モードに切り替える。

来店のチャイムが鳴ったから、ほかのお客さんの案内に向かおう。

「お客さま、ご注文がお決まりになりましたらそちらのベルでお呼び出しください」

そう伝えて新に背を向ける。

とにかく落ち着くこと、安い挑発に乗らないこと。

そう思うことにした。

それなのに……。

「っち……だっせ～。なんも言い返せねぇのかよ。お前なんかが立花狙うとかおこがましいんだよ。お前にはやっぱあのデブみたいなのがお似合いだな。武田とか言ったか？」

俺はすぐに足を止めた。振り返らずに、我慢しながら。

右奥の席、茶髪男が反応する。

「なにこいつ、デブ専なん？」

「そうそう、デブと一緒に昼飯食ってるらしい」

「俺はデブ無理だわ～、背中にブツブツとかできてそうだし」

「あ～わかる、キモいよな」

「その子可愛いん？」

「なんだよお前もデブ専？」

「ちげーよ、痩せたらどんな感じか気になっただけだ」

「あ～……そうだなぁ……」

新は、絶対に言っちゃいけない、その言葉を口にする。


「ゴミみてぇな女だったわ」

――――人生で、これほどまでに怒りを覚えたことがあっただろうか。

何も知らないくせに、勝手なこと言ってんじゃねぇぞ。

振り返って、持っていた丸盆をテーブルに叩きつけた。

強烈な打音が店内に響き渡る。

和やかに会話をしていたお客さんの声が静まり、今の状況に似つかわしくないジャズの音楽だけが店内のスピーカーから聞こえてくる。

それから少しして、お客さんがざわつき始める。

俺は怒りに任せて続けた。

「新は武田さんのこと何も知らないだろ！　撤回しろ！」

言葉が荒々しくなる。

一度付いた火は止まらない。

「ちょっと佐原くん！　何があったか知らないけどちょっと落ち着いて――」

慌てて店長が止めに入ってきたが、「大丈夫です」と冷たい口調で返す。

「ゴミみてぇな女をゴミって言って何が悪いんだよ」

「武田さんはいい子だよ！　優しくて思いやりがある女の子だ！　勝手なこと言うなよ！」

「え、そんなに庇うとか……お前立花が無理だからってあのゴミ女に乗り換える気か？　それは願ってもないことだ。ゴミ女にも振られないように気をつけてな」

俺は、腕を振り上げた。

人を殴ったことなんてない。多分、不格好なモーションになっていると思う。

新はそんな俺の反応を見て、殴られないように腕でガードするどころか……楽しそうにほくそ笑んでいる。

後ろにいる店長が俺の背中に手を当てて何やら言ってるけど、今は全然耳に入ってこない。

それでも、拳を前に出さないように自制心を保っている。

今ならまだ、引き返せる。

上げた腕を下ろそうとした。

でも——新は簡単に、抑えていた俺の心を爆発させる。

「なぁお前ら、ゴミ女でよければ今すぐ紹介してやるよ。好きに回していいから」

撃ち出した拳はもう止められない。

このまま確実に、新の顔に当たる軌道を描くことだろう。

馬鹿なことをしているのはわかってる。

でも、武田さんのことを悪く言われるのだけは、許せなかった。

家族のことを悪く言われるのだけは、許せなかった。

父さん、ごめん。

でも……殴った理由が武田さんを馬鹿にされたからって言ったら、少しは許してくれるかな。

拳が新に当たる寸前で――俺の体が大きく揺れる。

きっと剃り込み男が止めに入ったんだ。

やっぱり、そうなるんだ。

それから倒れたところで、馬乗りになってボコボコに殴られる。

きっとそうなる。

数秒先の未来を予知している間――俺は予想どおり床に倒れ込む。

そいつは俺の上に覆いかぶさり、胸に顔を埋めている。


可愛い可愛い、つむじが見えた。


剃り込み男じゃ、ない。

腹部に当たる柔らかい感覚で、性別が違うことがわかる。

誰――この子……？

ゆっくりと、その子は顔を上げる。

「佐原くん、ダメですよ？」

顔を見ても、すぐには理解できなかった。

映画のスクリーンから飛び出してきた、女優みたいな女の子が目の前にいるんだから。

お化粧がより一層、その女の子の魅力を引き立たせる。パッチリと開いた瞼の奥、その瞳はずっと見ていると吸い込まれてしまいそう。

顔はほっそりと美しい。それでも見覚えのある目元、見覚えのある口元。

そんな外見的特徴の前に、絶対に間違えることのない——声が、真っ先に気づかせる。

「武田……さん？」

「はい、武田です」

「嘘……だよね？」

「嘘じゃないですよ」

「え、え、えぇ〜〜〜〜〜!?」

怒りは天地がひっくり返るほどの驚きを前にすると無になるらしい。

今、実際に体験した事実。

武田さんの肩を掴んで上体を起こす。

「佐原くん、頭打ってないですか?」

「うん、大丈夫だよ」

「よかったです」

武田さんは胸を撫でおろして俺からどくと、立ち上がるのを補助するように優しく手を差し伸べてくる。

その手を取って立ち上がると顔以外、武田さんの全貌が見えた。

くびれた腰つき、スカートから覗かせるすらっとした綺麗な脚。

アンダーバストが引き締まったからか、強調されるのは美しい胸。レベルE。

本当に……あの太っていた武田さんなんだろうか。よくテレビ番組で劇的ビフォーアフターをやっているけど、まさにそんな感じだ。

「武田さん……すごいよ……めっちゃ痩せたじゃん。ほんと、別人だよ」

「はい、頑張りました。あっ……」

武田さんは両手を上に広げて、

「ジャジャーン」

まるで決めポーズを考えていたかのように、可愛い仕草をする。

俺は驚き過ぎて一瞬の間、自分の状況を忘れていた。

さっきまでとんでもないことをしようとしていたことを思い出す。

「武田さん、ありがとう……止めてくれなかったら本当に危なかったよ」

「佐原くん、私のために怒ってくれて、ありがとうございます。でも……もうこんなことしたら、ダメですよ？」

「ごめんなさい……でも武田さんいつから聞いてたの？」

「えっと……そちらの方が、私と佐原くんがお似合いだって言ってくださったときです」

言いながら、武田さんは新のほうに手を向ける。

いつ入店してきたんだ……全然気づかなかった。

新は驚きのあまり固まっている。そして我に返ったかのように口を動かす。

「あ……あ、こんにちは。葉の知り合いかな？　可愛いね……名前なんて言うの？」

何言ってるんだ、こいつは。

どうやら驚き過ぎて全く話を聞いていなかったらしい。

「新、武田さんだよ？　さっき新が散々馬鹿にしてた」

「……は？　嘘だろぉ!?　あのデ、はぁぁぁ!?」

俺が驚いたときよりも大きい。その声が店内に響いた。

連れの三人も武田さんの可愛さに見惚れている。そして詰め寄られるのは新のほう。

「おい新てめぇ、どこがゴミみたいな女だよ。めちゃくちゃ可愛いじゃねぇか」

「いやっ、ちょっと前まではただのデブだったんだって！」

「お前さぁ……わかんねぇの？　痩せたら可愛くなるだろうなとかさぁ。お前には先が見えてねぇんだよ。ほんっとつかえねーなぁ」

「マジで、この間みたいな女じゃなくてこういう子紹介しろよデブ」

「う、うるせぇんだよ！　てめぇらのためにやってやってるのに、なんでそんなこと言われなきゃいけねぇんだ！」

「はぁー、うざ。俺たちだって女紹介してくれねぇならお前みたいな粘着男と関わりたくねーっつーの」

俺をさし置いて喧嘩が始まる。

この四人の違和感の正体。新とこの三人は多分、友達じゃないのかもしれない。

新は女の子を紹介する、その見返りとして新に協力する。

お互いがお互いを利用し合う。ただそれだけの関係。

3対1の口喧嘩。

その光景を見て、俺は……新のことを、どうしようもなく可哀想に思ってしまった。

さすがに今までどおりの友達付き合いはもう無理だけど……このままにしてはおけない。

そんな風に、俺はやっぱり、思ってしまうんだ。

なんだろう。

それはまるで——わがままを言う、子どもを見ているときみたいだったから。

さっき叩きつけた丸盆を取って、軽くトントンと叩く。

四人の会話が止まって、全員が俺のほうを見た。

「その辺にしてくれないか。ほかのお客さんの迷惑だから」

俺が言えた義理じゃないけど。

「新はさ……ちょっと可哀想なやつなんだよ。だからあんま怒んないでやってほしい」

「お前すげぇな……あんだけ言われてこいつのこと庇うのかよ」

「新とは大違いだな。ちょっとは葉っぱくんの爪の垢を煎じて飲ませてもらえよ」

「ほんとそれな」

新は勢いよく立ち上がり、俺の胸倉を掴んでくる。

「～ってめぇはいつまでダチ気取ってんだよ！　馬鹿にするのも大概にしろ！　その優しさだと思ってる行為がいっっっちばん！　腹が立つんだよ！」

そう言って俺を押しのけて、店から出ていってしまった。

俺の発言は逆効果だった。余計に新のプライドを傷つけて……怒らせてしまう。

心を傷つけてしまう。

俺はまた、間違ったらしい。

ほんと、ダメだな……。


じんわりと、左手が温かくなる。

誰かが、俺の手を取った。


「佐原くん、大丈夫ですよ。佐原くんのそういうところが……私は大好きです」


可愛く微笑む。

俺が悲しい顔を見せてしまったから、武田さんは笑顔と合わせてフォローしてくれる。

「ありがとう、武田さん」

また、武田さんに助けられる。

気持ちが沈んだときに、俺がほしい言葉をかけてくれるんだ——。

「ところで……武田さんはどうしてここに？」

「これを……佐原くんに渡しに来たんです」

武田さんは、ショルダーバッグから取り出したギフト封筒を差し出してくる。

「これ……俺があげたやつ？　もしかして……やっぱりいらなかった？」

武田さんは全然違うとばかりに、首を横に振る。

「最近、佐原くんが辛そうにしているので……佐原くんがちょっとでも、辛いことを忘れられるように……そのときに使おうと思ったんです。今日がお披露目の日だったので、早いほうがいいかと思いまして」

このプレゼントは武田さんにあげたはずだった。それなのに、武田さんは……最初から俺へのプレゼントとして、これを受け取ったんだ。

武田さんは何があったか、俺には聞いてこなかった。それでも、ずっと俺のことを気にかけて、心配してきてくれたんだろう。

前からずっと知ってた。

それでもこう、思ってしまうんだ。

どうしてこの子はこんなにも——人のことを思いやることが、できるんだろうかと。

「佐原くん、今日のバイトが終わったら、さっそく水族館に行きましょう。それまで待ってますから」

武田さんは店員に案内されたであろう近くの席に戻っていった。

「さ～は～ら～く～ん？　ちょ～っと、いいかな？」

鬼の顔をした店長に、俺は連れ去られる。

そんな俺を見て、武田さんはくすくすと笑うのだった。

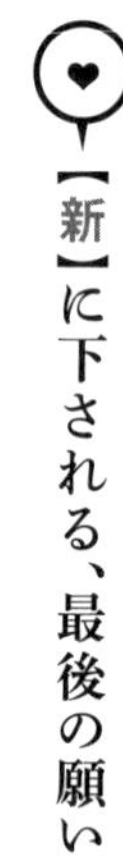

【新】に下される、最後の願い

俺はずっと、考えないようにしていた。

立花が向ける視線の先を……。

心の奥底では気づいていた。

でも認めたくない自分がどこかにいて、必死にそんなはずはないと言い聞かせ続けていた。

ただ、負けるのが悔しかったんだ。

夏休みに入った辺りから、前以上に立花のことが気になり始める。夜になれば会えるとわかっていても、気になってバイト先まで様子を見に行ってしまうほど。

この気持ちの名前がなんなのか、ずっとわからなかった。

でも、今ならわかる。

これが恋なんだと――。

俺なりにいろいろとアプローチもした。その中で、何か夏の思い出にしようと花火大会に誘ったが断られる。

バイトならしょうがない。

そう思っていたが、立花が花火大会に行くという噂話をしていたのを、ファミレスの従業員から偶然耳にする。

きっと相手は佐原に違いねぇ。

だから文也を誘い、さりげなく邪魔をすることにした。

文也と電話しているとき、何か隠しているのを感じ取り全て吐かせると、どうやら俺と似たようなことを考えていたらしい。

俺は立花にしか興味がない、柊との仲を取り持つと言ったら簡単に協力してくれたよ。

おかげでうまくことが運んだわ。

立花が誰をどう想っていようが、今は関係ない。

俺の女になれば、いずれ振り向かせてみせる。

ただ、邪魔者はいないに越したことはない。

だから佐原を消そうとしたが、またしても失敗に終わった。

佐原といたあの女——武田とか言ったか。

外見は立花に引けを取らないほどの上物。思わず我を忘れてしまった。

あいつもいずれ俺の女に——そう一瞬思ったが、今はもうそんな気分じゃない。

立花と比較すると劣る。

そう感じるのはやはり、俺が恋をしてしまったからなのだろう。


夏休みの最終日、立花と約束した夜の公園へと訪れる。

午前0時まであと3分。

もう少しで夏休みが終わる。

公園の中央には大きな豚の遊具が置かれていた。

鼻先から入れる空洞には大人が4、5人ほど入れる隠れ家みたいな空間があり、尻のほうは滑り台になっている。

懐かしいな……よくここで遊んだわ。

立花の姿が見えた。豚の鼻先の上で足を揃え、腰掛けている。

「待たせたな」

「ううん、私も今来たとこ」

飛び降りて、綺麗に着地。

立花と交わした約束――夏休みが終わったら、最後の願い事を叶える。

そうしたら、俺と付き合う。

その時間が、刻々と迫る。

もう、待てない。

今すぐにでも叶えてやるからさ、俺の女になれよ。

立花──。

「ねえ、進藤くん……最近ね？　進藤くんのことが、すごく気になってるの」

話を切り出す立花。以前の立花からは出てこないであろう言葉。

もしかして、立花もようやく俺のことを……。

「それでね？　進藤くんの名前をネットで検索したら、たくさん悪い噂が出てきたんだけど……あれって全部本当のことなのかな？」

あの謎の偽アカウント。あれを立花に見られたのか。

くそ……どうすればいい。

いっそのこと認めてしまったほうがいいかもしれない。あくまでも過去のこと。

もう、過ちは繰り返さないと。

「俺さ、昔はちょっとやんちゃしてたんだよ。どんなことが書いてあったのか見てないから知らないけど……もしかしたら当時のことが書いてあるのかもしれない。でも昔のことだ、反省してるし今は悪いことなんてしてない」

「ふーん……そうなんだ。ちなみにそのＳＮＳにはね？」

立花は豚の遊具を可愛がるように、懐かしむように……優しく優しく、撫で始める。

「進藤くんがある女の子を公園で飼ってたって書いてあったの。進藤くんはそこで女の子の髪の毛を抜いて遊んだり、学校から持ってきた残飯を地面に撒いてたくさんたくさん、吐くまで食べさせたり……あ、豚のように鳴くように命令して、似てなかったら死ねって罵声を浴びせたりもしたって書いてあったかなぁ」

……確かに、そんなようなことが昔あった。

よりによって……一番の悪事と言ってもいいことを立花から掘り返される。

「進藤くん……もしもそのことが本当だったとしたら……その子の名前、憶えてる？」

豚を撫でるのをやめて、俺を見る。

もうここは一旦認めるしかない。言い訳をすればするほど、裏を取られたときに面倒なことになる。

あいつの名前……あの、豚の名前。

変な名前だったのは憶えている。

果物と、変な下の名前。

なんだったか……確か……。

「柿……柿、そうだ思い出した。柿沼らぶり、だったと思う」

立花は指を差す。

「名前すらもちゃんと覚えてないんだね。その子の名前、柿谷愛莉って言うんだよ？」

ゾッと――背筋が凍る。ただ立花は名前を言って、指を差しただけ。

自分自身を指差して――。

「それじゃあ、進藤くん……三つ目の最後のお願いだよ？」

公園の時計が午前0時を示す。

日付が変わった、夏休みが終わる、9月1日の誕生日。


「――――？」

その日聞いた祝いの言葉は――――悪魔の三文字だった。

エピローグ

「はぁ～……それにしても、今日はえらい目に遭った」

「ふふふっ……佐原くん、それもう何回目ですか？」

夜の水族館――青々としたトンネル水槽をくぐりながら、またしても愚痴がこぼれ出てしまう。バイトはクビにならずに済んだけど、店長にはこっぴどく怒られた。

あの店長、おとなしそうに見えて怒るとめちゃくちゃ怖いんだよ。

トラウマになりそう……。

武田さんがせっかく誘ってくれたのに……俺はこんな綺麗な場所で、なんて暗いことを考えているんだ。

「ごめ――」

武田さんが俺の唇に人差し指を押し当てる。

「だから、ごめんはもうなしです」

こくこくと頷く、ゆっくりと指が離れてゆく。

それから武田さんはまた、泳ぐイルカを見て頬をほころばせた。

さっきからずっと、可愛いです可愛いですばっかり言ってる。

本当に、イルカが好きなんだな。

トンネルを潜り抜け、少し暗い部屋に変わる。

辺りの水槽には、たくさんのクラゲがさまざまな色のＬＥＤに照らされ、悠々と泳いでいる。

ここはファンタジーの中みたいな、幻想的な空間だ。

「うわぁ……すごいですね。佐原くん」

「ほんと、別世界みたいだよ」

水槽を眺める武田さんの横顔を、俺は眺めている。

本当に、本当に、頑張ったんだな。

横顔をじっと見られているのに気づいたのか、武田さんは持っていたショルダーバッグで顔を覆う。

「は……恥ずかしいので……あんまりじろじろ見ないでください」

「ご、あぶな、ごめんって言いそうになった」

「今言いましたよ？」

「今のはノーカンだから」

くすりくすり。

ほかにお客さんはいない。

映画のときと変わらない、二人だけの時間が流れる。

武田さんは今度は違う水槽に目を向けて、紫色に光るクラゲの鑑賞に浸る。

「佐原くん……あの映画の続き、言ってもいいですか?」

「知りたい！　教えてくれるの?」

「はい、もちろんです。あの後、光さんは監督からの誘いをお断りするんです」

「え、そうなんだ。でもそうすると女優業は難しくなるんだよね?」

「はい、なので光さんは……一人でアメリカに行くんです。そこで女優を目指すことを決意します」

アメリカか……あの内気だった光が、海外に行く決断をする。

しかも一人で。

きっと英語もうまく話せない。

新天地で女優になるには、果てしない道のり。

その決断をするには……よっぽどの覚悟が必要だったことだろう。

「絶対に、新しい自分に生まれ変わるって決意をして……長かった髪の毛を切ります」

武田さんは髪の毛を触る。

ようやく昔の武田さんを思い出す。もう少し髪が長かったはず。

ミディアムへアだった髪の毛が、マッシュボブの短めへと変わっている。

「最後、日本を発つときに……木崎さんが現れて、旅立つ光さんにエールを送って、物語は終わるんです」

「……え、続きは？」

「ないですよ。そこで終わりです」

なんだか消化不良じゃないか？

俺がそう感じたのを察したのか、武田さんが物語の補足をしてくれる。

「多分、こうやって言葉だけで結末を聞くのとは全然違うと思います。きっと佐原くんがちゃんと映画の続きを観たとき、こう感じると思います」

武田さんは次の言葉を力強く発した。

それが映画の中のセリフなのか、武田さんが自分で考えたセリフなのか。

映画を観ていない俺には、わからない。

「自分が変われば、絶対に運命も変わっていくんだって」


1歩、2歩、3歩。

俺との距離が縮まる。

「佐原くん、佐原くんがびっくりするくらい痩せられたら……お願い事を三つ叶えてくれるって約束、憶えてますか？」

初めて武田さんにカレーを作ってもらった日に交わした約束。

「もちろん覚えてるよ」

「じゃあ……一つ目のお願い事です」

4歩目。武田さんとの距離はほとんどない。

顔を近づければ、簡単に唇と唇が触れてしまう距離。

紅潮した武田さんの顔が目の前にある。

そこから飛び出るお願い事。

「ぎゅって……してください」


……ぎゅ？


「え、ぎゅって……ハグってこと？」

「そうです」

お願い事の一つ目、ハグ。

ハグを、すればいいんだな？


ちょっと待て、なんだ、これは……。

顔が赤くなっているのは、多分俺も同じだったかもしれない。

もう言われるがまま、それを実行するだけ。

機械みたいな動きしかできなくなる。前にもこんなことがあったような気がする。

頭がおかしくなりそう。

それでも優しく、武田さんを両腕で包むことを意識して……ハグをする。

柔らかくて、ふわっとした女の子の匂い。

心臓が脈打つ。多分これ、武田さんに伝わっているんじゃないだろうか。

俺の耳元から聞こえる、二つ目のお願い事。

「私の耳元で……頑張ったねって、言ってください」

ただ、それだけ。

そんなことは、お願い事なんて言われなくても、いくらでも言ってあげるよ。

だけど、こんな近くで……わざわざ耳元で言うのはわけが違う。

「が、頑張ったね」

「が、が余計なのでもう1回お願いします」

やり直しを命令される。今度は詰まらずに。

「頑張ったね」

1歩、2歩、3歩。

俺の腕から離れた武田さんが、今度は後ろに下がる。

「それじゃあ、三つ目のお願い事です――」

最後の、お願い。

「これからは……千鶴って、呼んでください」

ただ、下の名前で呼ぶこと。

それだけだった。

俺は、その名前を呼ぶ。

「千鶴……」

「――はい、千鶴です」

揺れ動くクラゲたちが、そこに咲いた笑顔を、より一層幻想的なものへと変える。

ただ、これを叶えてもらうためだけに……武田さんは……千鶴は、ここまで頑張ってきたのか。

このため、それだけのために。

ふわふわと、宇宙に浮かぶみたいに泳ぐあのクラゲと同じように――俺の心は揺れ動く。

15歳――今年最後の、夏休み。

それは一生忘れることのできない――新しい想いが、胸に刻まれた日だった。

了

あとがき

1巻に引き続き、本作をお手に取っていただきありがとうございます。

今回のあとがきは作品の内容に関連するお話をしたいと思います。

まずはお預けとなっていた千鶴（ちづる）のダイエットのお披露目——ジャジャーンはいかがだったでしょうか。

私は1巻の刊行前にキャラデザの千鶴アフター版をカラーで見ているのですが、可愛くて衝撃を受けたのを覚えています。そしてお披露目となる今回の2巻。このあとがきを書いている時点で挿絵をまだ確認できていないのですが、ここあ先生ならあの衝撃をモノクロでも再現してくれるだろうと、とてもワクワクしながら待っている次第です。

実は当初、ダイエットの期間が2か月ちょっとしかないということもあり、ぽっちゃり感を少し残す予定だったのですが……担当編集との話し合いの結果、リアリティーを無視して劇的ビフォーアフターに全振りする形となりました。

「いや、あの体型からこうはならんやろ」

とツッコミたくなるガチトレーニーの方がもしかしたらいるかもしれませんが、ここは創作ということで目をつぶっていただけると幸いです。

それから表紙について。２巻の表紙は痩（や）せた千鶴にする予定だったのですが、読者の皆様に対してもジャジャーンをしたかったので、ネタバレ回避のため今回は美紀(みき)にさせていただきました。

今回はカラーの千鶴をお披露目することはできませんでしたが、いつか表紙か口絵でお見せしたいと思いますので、引き続き応援のほどよろしくお願いいたします。

次にあいりが着ていたファミレスの制服について。どこのファミレスの制服をモデルにしたのか、お気づきになられた方もおられるかと思います。残念ながらそのお店はこの本が出る前に閉店となってしまいましたので、生で見ることができず残念です。

そして葉(よう)が働くことになったファミリーレストラン『なごみ』。こちらのモデルは特になく、制服をモデルにしたファミレスとは一切関係ございません。

ファミレスで出会った新キャラの柊(ひいらぎ) 美鈴(みすず)。本格参入となった千鶴。そしてあいりの過去。今回もいろいろ気になるところで終わってしまいましたが、また読んでいただけるよう、執筆に努めて参ります。

それでは、また次巻もよろしくお願いします。

冬条　一

GAGAGA

ガガガ文庫

高嶺の花には逆らえない2

冬条 一

発行　2022年9月26日　初版第1刷発行

発行人　鳥光 裕

編集人　星野博規

編集　大米 稔

発行所　株式会社小学館
〒101-8001 東京都千代田区一ツ橋2-3-1
［編集］03-3230-9343　［販売］03-5281-3556

カバー印刷　株式会社美松堂

印刷・製本　図書印刷株式会社

Printed in Japan　ISBN978-4-09-453090-2